ベリーズ文庫

クールな社長の甘く危険な独占愛

颯陽香織

STARTS
スターツ出版株式会社

目次

クールな社長の甘く危険な独占愛

クールな社長の甘く危険な独占愛

オフィスの冷徹社長

メープル材のデスクの上に肘をつき、癖のない黒髪をかき上げる。白い袖から覗く細い手首に、大きな手のひらと長い指。書類に目を落とすと、男性とは思えない長いまつげが頬に影をつくった。

形の整った眉にくっきりとした二重の目、まっすぐな鼻筋。

——綺麗な人。

私は不本意ながらも、つい見とれてしまった。

社長は銀縁のメガネのフレームを人さし指で持ち上げて、ちらっとこちらを見る。私はその眼差しの鋭さと冷たさに体がこわばり、冷や汗が背中を伝った。

「まだなにかあるのか?」

社長の声は低くて、少しかすれている。その男性的な声に、私はいつも動揺してしまう。形の整った美しい唇からは想像もできないような、威圧感のある鋭い声音が聞こえるのだから。

「いえ、ございません。失礼いたしました」

私は頭を下げると、早々に社長室から退出した。

扉を閉めると、肩の力が抜ける。思わず手のひらで額をぬぐった。

「今日はまた一段と、まずい感じですね」

自席に戻ると、篠山《しのやま》リカちゃんが小声で話しかけてきた。

声を潜めてもなお、なにをしゃべっているのかわかってしまうほど、静かな秘書室。

左手にある大きな窓からは、都会のやわらかな日差しが感じられる。

「そうみたい」

私も小声でそう答える。

「気をつけましょう」

「はい」

リカちゃんは大きくうなずいた。

ここは、麻布《あざぶ》にある映像制作会社。主にテレビコマーシャル、ミュージックビデオ、映画製作などを手がけている。従業員数は百人を超え、業界では大手なほうだ。

五階建ての近代的なビル全体がオフィスになっていて、最上階にこの秘書室がある。

「さっき上がってきた稟議書のせいでしょうか」

すぐ目の前にある社長室の扉を見ながら、リカちゃんが尋ねる。

め息をついた。

「竹中《たけなか》課長、絞られなきゃいいけれど」

リカちゃんは心配そうに眉をひそめる。私も、怯《おび》える竹中課長を想像して、深いため息をついた。

私、長尾《ながお》さつきは今年で二十八歳。中途採用で役員秘書となり、二年がたった。二年たった今でも、社長が怖くて仕方がない。

桐田和茂《きりたかずしげ》、三十歳。大学卒業と同時にこの会社を立ち上げ、あっという間にここまで大きくしてしまった若き社長。

経営手腕も見事だが、その美しい容姿も業界内では有名だった。まるで映画の中から飛び出してきたような完璧な顔立ちだったからだ。

けれど社員の誰も、社長の笑顔を見たことがなかった。感情の起伏を見せないその表情と、射抜くような視線が、美しい顔と相まって恐ろしさを際立たせている。

頭の回転は誰よりも速く、口を挟む隙を与えない。彼の逆鱗《げきりん》に触れると、背後に青白いオーラが見える気がする。

それほど、有能で厳しい社長だった。

私は黒縁のメガネを取り、デスクにそっと置くと、こめかみを指で強く押した。

社長室の隣にあるこの秘書室で、私はいつも気を張りつめている。そのせいで、頭痛が起きるのは日常茶飯事だった。

リカちゃんが「大丈夫ですか?」と気遣ってくれた。

「ありがとう。薬を飲めばよくなるから」

そう言って笑顔を返し、引き出しから頭痛薬を取り出す。二錠手に取り口に放り込むと、マグカップに入っているお茶でぐいっと流し込んだ。

「この緊張感、最悪です。頭痛にもなりますよね」

リカちゃんが首をすくめて言う。

「たしかにね」

私はメガネをかけなおして、ほっと息をついた。

「最初社長を見たときは、こんなにラッキーな職場はないって思ったのになあ」

リカちゃんは緩くウェーブした毛先を指でもてあそびながら、遠い目をして言う。

「あんなに顔立ちのいい男性、現実社会ではほかに見たことないです」

「そうよね」

リカちゃんの言うことはもっともだった。社長は時々、目の前にいるのに架空の人物のように見える。同じ人間だという現実感がまるでない。

私は、毎朝鏡で見る特徴のない自分の顔を思い出して、少し気が滅入った。出会った人は必ず私を「ああ、メガネの人」と言う、そんな顔なのだ。

社長の魅力的なメガネ姿とは雲泥の差だと思う。

「日広《にっこう》グループの御曹司で、この会社の社長で、なおかつあの綺麗な顔。入社するまでは、社長のそばで仕事ができたなら毎日幸せだろうなって思ってたけれど、今はもう辞めたくて仕方がありません」

リカちゃんは頬をぷーっと膨らませた。

この仕事はストレス以外の何物でもない。

声のトーンの変化、視線の先を敏感に察知して、言われる前に動けるように神経を張り巡らせている。ミスなんかしようものなら、あの冷たい視線を向けられて、息が苦しくなってしまう。とにかく静かに息を潜めてデスクに座っている毎日だ。

社長のせいで冷えきった秘書室を唯一温めてくれるのは、窓からの日差しだけ。

私は陽があたっている首を手で揉みほぐした。

現在、秘書室には四名が勤務していて、私とリカちゃんは社長付き。私たちの席から少し離れた隣に副社長付きの秘書の席がある。

副社長は温和な五十代のオジサンなので、私たちはいつも隣のふたりをうらやましいと思っていた。

私は依然としてズキズキするこめかみをさすりながら、深いため息をついた。

なんで私は副社長付きじゃないんだろう。そうしたらこの悩ましい頭痛も起こらないのに。本当に隣がうらやましい。

「長尾さん、髪をいつもキュッと結わえているから、頭が痛くなるのかもしれませんよ」

リカちゃんが心配そうな顔で言ったので、私は無意識に眉間に皺を寄せていたことに気がついた。

「う……ん。そうかもしれないんだけど。髪が邪魔でどうしても結わえちゃうの。気持ちもピリッとするしね」

「わかる気がします」

リカちゃんはうなずいた。

二十五歳のリカちゃんは、肩までのふわふわの髪に、丸い瞳。小リスのような愛くるしさがある。

私がここに来てから、社長付きの秘書は二回変わった。いずれも、社長にこっぴどく泣かされて辞めていったのだ。

その点、リカちゃんはどんなに社長に泣かされても辞めない。事あるごとに「辞めたい」とは言うが、翌日にはちゃんと出社してくる。かわいらしい印象とは相反して、意外と根性があるのかもしれない。

そんなことを考えていると、目の前の電話が鳴った。ディスプレイには社長からの内線番号が表示されている。

背筋を伸ばし気合を入れて、受話器を上げる。

「はい」

『竹中を呼べ』

「かしこまりました」

内線を切ると、心配そうにこちらを見ていたリカちゃんに向かって言う。

「やっぱり竹中課長を呼べって」

「ああ、やっぱり。竹中課長、ご愁傷様」

リカちゃんは目を伏せて、手を合わせた。

しばらくすると、おどおどした様子の竹中課長がやって来た。四十代半ばの中間管理職。小さい背中をさらに丸めていて、かなり小さく見える。

「社長がお待ちです」

リカちゃんが言うと、竹中課長はごくんと唾をのみ込んだ。そして緊張した面持ちで社長室の扉をノックする。

「入れ」

中から社長の声が聞こえた。この声は、かなりまずい感じだ。

私は思わずリカちゃんと顔を見合わせた。

「失礼します」

竹中課長は静かに社長室へと入っていった。

パタンと閉じた扉の向こう側を想像すると、私は竹中課長がかわいそうでならない。

「あんなに原価率高くしちゃって、竹中課長どうしちゃったんでしょう」

リカちゃんが不思議そうに首をかしげた。

「持ちつ持たれつで、先方と話をつけたんだとは思うんだけど。ちょっとやりすぎよね」

私はうなずいた。

しばらくすると、社長室の扉がゆっくりと開いた。

小さな竹中課長は、またさらに小さくなっている。私たちに軽く会釈をすると、そのままフラフラと秘書室を出ていった。

「大丈夫かしら」

私は思わずそう口に出した。

竹中課長は社長から稟議書を突き返されてしまったので、一度合意を得ただろう先方と再度交渉するのだ。

「かわいそう」

竹中課長が去っていった扉を見つめながら、リカちゃんがつぶやいた。

すると突然、社長室のドアが開いた。私は反射的に背筋を伸ばす。

社長はつかつかとこちらへ歩み寄ると、私を見下ろした。

「杉田《すぎた》に竹中の人事査定書類を持ってこさせろ」

私は思わず「えっ」と声をあげてしまった。リカちゃんの目が大きく見開かれる。

秘書室に緊迫した静けさが広がった。

「異論があるなら言え」

社長の低い声が、頭上から降ってきた。

私は恐る恐る社長の顔を見上げる。その瞳はまるで真っ黒なガラス玉だ。冷たいガラス。

「いえ、申し訳ありません」

「なにに対してだ？」

私は社長の威圧感に恐れをなして黙ってしまった。汗が背中を流れる。

「謝罪の理由がないなら、謝罪するな」

「……はい」

私はうつむいた。

竹中課長の人事査定書類を持ってくるということは、部署異動もしくは降格を検討しているということだ。たった一度のミスで、そこまで厳しい処分を課すなんて……。

「竹中に同情する必要はない。人には能力の限界がある」

社長はそう言い放つと、背を向けて社長室へと入っていく。

扉が閉まると、秘書室はしんと静まり返った。副社長付きの秘書も緊張して、顔を見合わせている。

「たしかに、竹中課長は交渉ごとに向いてないけど……きついなあ」

リカちゃんがつぶやくと、私を含めほかの秘書も一様にうなずいたのだった。

あなたは誰ですか

目黒《めぐろ》の大通り沿いに、社宅がある。

十二階建てマンションの、七階フロアの四部屋が社宅として割りあてられていた。

私が二年前にこの会社に就職した際、社宅があることに小躍りした。都内のこんなにいい立地のマンションに、信じられないようなリーズナブルな家賃で住める。

地方出身の私にとって、東京の家賃は暴力的と言ってもいいほど高い。そこで、迷わず社宅に申し込んだのだが、今となればこの決断は失敗と言わざるをえない。

土曜日の朝七時。

春の優しい光がグリーンのカーテンの隙間から入り込み、ベッドの上から床へとまっすぐな光の道をつくる。

私は休日特有のゆったりとした気分で、布団の中で寝返りを打った。

ずっとこのまま寝てたいなあ。

しばらくうとうととしていたが、だんだんと目が冴えてくる。

もしかして、洗濯日和かも？

ふとそんなことを考えて、このまま寝ているのも勿体ないと思いなおした。

私は、家具量販店で買ったシンプルなベッドから起き上がると、そっとカーテンを開いてベランダを覗いた。

いない……よね？

私は注意深く周囲を確認すると、カーテンを開けてガラス戸を開いた。

大通りから上がってくる車の音。空は澄みきって、白い雲がところどころ浮いている。

「いい天気」

私は大きく息を吸って、笑顔を浮かべた。

いいマンションだと思う。単身用の１ＬＤＫ。ベランダは広く、デッキ板が敷かれていて、インテリア雑誌に紹介されていてもおかしくないほどおしゃれだ。日あたりはいいし、セキュリティもしっかりしている。

けれど社宅としては、社員にすこぶる人気がないのだ。四部屋のうち、今は二部屋しか埋まっていない。私の部屋と、その隣の角部屋に社長が入居しているだけなのだ。

ちらっと隣のベランダを見ると、深くため息をついた。

「社長なんだから、わざわざ社宅に住まなくてもいいのに。どういうこと？」

私はひとりごちて口を尖らせた。

入社当時、隣の席に座っていた秘書の丸山《まるやま》さんに『社宅に入居しました』と言ったら、絶望的だという顔をされた。

『まさに、地獄ね』

顔面蒼白になりながら、丸山さんは息も絶え絶えにそう告げた。

『リラックスできるはずの自宅で、社長の存在に戦々恐々としなくちゃならないのよ。万が一、エレベーターで一緒になったら？　廊下ですれ違ったら？』

丸山さんが頭を抱えた。

『恐ろしすぎる……。悪いことは言わないから、お金を貯めたらすぐに社宅を出たほうがいいわ。精神がもたない』

丸山さんの言っていたことは、正しかったのだ。

自宅にいても、私は毎日ビクビクしている。今や、いつ引っ越しするか、それしか考えていない。

秘書という仕事柄、基本的に社長が帰宅するまで私も帰宅できない。それはつまり、一日中社長について回り、やっと解放されて自宅に帰る頃には、社長が隣の部屋にいるということなのだ。

物音を立ててはならない。廊下に出るときは、いないことを確認してから。友達を呼ぶこともできないし、部屋着でゴミ出しも無理だ。

私は社長の冷たい目を思い出して、身震いした。

二年も秘書をしているのに、彼の笑っているところを見たことがない。

労いの言葉がなくてもいい。ちょっとニコッとしてくれたら、こちらの心も軽くなる。あの顔だもの。笑ったらきっとすっごく魅力的で、みんな幸せになれるのに。

ベランダの柵に肘をついて、そんなことを考えていると、ふと千葉《ちば》常務に一件メールを送信し忘れていたことを思い出した。月曜日の役員会議の件だ。

「しまった」

思わず大きな声が出てしまった。

社長が依頼したことは、その日のうちに片づけなくてはならない。社長が「今」と言えば、それはどんな理由があろうとも「今」なのだ。

まずい、叱られる。

私は瞬間的に部屋へ走り込み、猛スピードで着替えた。

鏡で自分をちゃんとチェックしている余裕はない。社長にバレたら最後、トラウマになるほどの言葉を投げつけられちゃう。

私は、慌てて部屋を飛び出した。

髪をなびかせ、地下鉄の駅の階段を駆け上がる。

デニムにゆったりとしたブルーの薄手のセーター姿。とりあえず首に巻いたマフラーが冷たい風をかろうじて防いでくれた。

麻布の朝九時。土曜日だからか、駅前はそれほど混んではいない。

私は冷えた朝の空気を吸い込んで、歩道を競歩さながらに歩いた。

大丈夫。今日送信しておけば大丈夫。

繰り返し自分に言い聞かせる。

社長にはバレないはず。きっとまだ部屋で寝ているに違いない。メールを送信したら、どこかで時間をつぶそう。あの部屋には極力帰りたくないから。今日は洗濯日和だと思ったけど、この心的ストレスを経験した後ではとてもじゃないけどあの部屋にはいられない。少し解放されたいもの。

あ、あと……。

週末だから〝あの人〟に、電話をしなくては。

私は斜めに下げたショルダーバッグのストラップをぎゅっと握った。

エレベーターを降りると、しんとしていて平日とは違う空気が漂う。静かな休日の社内。制作部や企画部のフロアには休日といえどもいつも人がいて、昼夜を問わず働いている。でもこの役員フロアには、人っ子ひとりいない。

ああ、すごい、解放感。いつもは緊張しっぱなしのこのオフィスも、社長がいないってだけで、最高の場所だわ。

私はポケットからカードキーを取り出し、秘書室に入った。窓からの光だけがほのかに部屋を照らし、隅にある冷蔵庫がブーンと低く唸っている。

入口脇の電気をつけて自分のデスクに向かうと、パソコンを立ち上げ、引き出しに入っていたUSBメモリを差し込む。

「誰もいないって、すごくいい」

声に出して言う。

「音楽かけちゃおうかな」

私はスマホを取り出すと、お気に入りのイギリス人歌手の曲をかけ始めた。普段では絶対にできないことをすると、なんだかウキウキしてくる。

千葉常務へのメールを作成して、その内容を何度か確認。

「よし」

勢いよく送信ボタンを押した。

「やったー。終了！」

椅子に座ったまま、うーんと伸びをする。

――カタン。

その時、微かな物音が聞こえてきた。

空気は一変、私は腕を上に伸ばしたままの状態で固まった。緊張して、耳を澄ます。

――ガタッ。

また聞こえた。顔から、あっという間に血の気が失せた。

社長室に、人がいる。

半ばパニックになりながら、スマホの音楽を消した。それから走って、電気を消しに行き、その場で壁にもたれて息を潜めた。

なんでいるの？　昨日のスケジュール確認のときはそんなこと言ってなかったのに。

今日出社するなんて聞いてない！

ドキドキする胸に手をあてて、唇を噛む。

社長は秘書室に人がいることに気づいただろうか。

私は足音を立てないように、ゆっくりと自分のデスクに戻る。

パソコンをそっとシャットダウンしようとしたが、ＵＳＢを抜き忘れていたせいでダイアログが出て「ピッ」と音が鳴ってしまった。

私は目を閉じて、静かに呼吸を繰り返した。

きっと社長は、ここに人がいることに気づいてる。今ここで知らんぷりして部屋を出たら、後が怖い。社長に一度挨拶をして、それから退社するのだ。怖くても、嫌でも、それしかない。

私はマフラーを取り、ボサボサの髪を整えた。メガネをまっすぐかけなおし、背筋を伸ばす。ビジネスモードに切り替えて、社長室の扉の前に立った。

静かに息を吐いて、ノックを二回。

けれど扉の向こうからはなにも反応がない。

あれ？　聞こえなかったのかしら。

私はもう一度、今度は強めにノックをした。

しばらく待ってみたが、やっぱりなにも聞こえない。もしかして、音が聞こえたと思ったのは、気のせいだったのかな。

レバー型のドアノブにそっと手をかけて下ろし、扉を少し押してみる。

鍵はかかっていない。やっぱり社長はいるの？

「失礼いたします」

私は静かに扉を開いた。蛍光灯の白い光が目に飛び込んでくると同時に、誰かがしゃべるような、微かな音が聞こえる。

私は少し扉を開きその間から顔を覗かせ、中の様子をうかがった。

正面の大きなデスクの前に社長は……いない。代わりにブルーのＡ２サイズのパネルが、卓上を隠すように垂直に立てた状態で置かれているのが目に入る。

なにあれ？

「ん……」

うめくような声が右側から聞こえたのでそちらを見ると、チョコレート色のソファの上で寝ていた。

――社長が、寝ている。

あまりにも意外で、私は思わず口に手をあてた。笑顔もそうだが、眠そうな顔さえ見たことがない。あくびなんてもってのほか。

その社長が、ソファの上でぐーぐー寝ている。

私は恐る恐る社長室へと足を踏み入れた。込み上げる好奇心に逆らえない。

あの社長が寝てる姿なんて、きっと社内の誰も見たことがないわ。

こっそり息を潜めてソファに歩み寄り、爆睡する社長を見下ろした。

昨日と同じワイシャツにグレーのズボン。昨日着ていたスーツのままだ。いつもはきちっとネクタイが締められている首もとも大きく開いて、顔からは想像できないようながっしりとした鎖骨が見えた。

ばくんと心臓が一回跳ねる。見てはいけないものを見てしまったような罪悪感が込み上げてきた。

社長は、見下ろす私にまったく気がついていない。完全に無防備だ。眠っている彼は無害で、なおかつ、信じられないほどに美しい。この人が私と同じ人間だなんて、誰が信じられるだろうか。

しばらく眺めていると、社長の唇が少し微笑んだ気がした。

「うわ」

思わず声が出てしまった。

笑えば最高に魅力的だろうと想像していたけれど、想像をはるかに超える破壊力。

不覚にもドキドキしてしまった。まるで映画のワンシーンを見ているみたいだ。

「ん……」

社長が突然うめいた。

私は驚いて、とっさにうしろに飛びのいた。

起きた?

つい先ほどのときめきとはまったく違う種類のドキドキが始まる。この状況で社長と目が合うなんて、恐ろしすぎる。

けれど、社長は頭をもしゃもしゃとかくと、再び夢の世界へ。私は安堵のため息をつき、そろそろと後ずさりした。

よかった。このまま静かに帰ろう。社長が起きたら、大惨事だ。でも……。

ちらっと、デスクの上のブルーのパネルを見る。さっきからあれが気になって仕方がない。あのパネルの向こう側から、すごく小さな声で誰かがしゃべっている。それも同じことを繰り返し繰り返し。

いったいなんだろう、あれ。

どうやら社長はまだ夢の中だ。再び好奇心が、ムクムクと膨らんできた。私はもう一度社長が寝ていることを確認すると、足音を立てないように、静かに社長のデスクに近づく。そしてパネルの向こう側をひょいっと覗き込んだ。

十センチほどの小さな人形が、デスクの上に立っていた。粘土を丸めて作ったような大きな頭に、針金の長い手足。

社長がいつも座っている革張りの椅子はどけられて、そこには大きなカメラがセットされた三脚が設置されている。

不思議な小さいしゃべり声は、社長のパソコンからだった。人形が歩いていると、突然その頭が取れるという動画がずっと繰り返し再生されている。

よくよく聞いてみると、その声は社長だ。頭が取れると「あ〜」と悲鳴をあげる。

私は思わずクスッと笑ってしまった。なにこれ。かわいいんだけど。

そして顔を上げた瞬間、社長と目が合った。

私の笑顔が固まる。

ここは冷蔵庫だっけ？　吸い込む空気が冷たい。

社長は、ソファの上に体を起こし、驚いた顔で私を見ている。右耳の上の髪がぴょんと立って寝癖がついていた。

「お、おはようございます……」

動揺して、とっさに挨拶をする。

「長尾……」

社長は自分の髪を再びもしゃもしゃっとかき回すと、大きなあくびをした。

「休みの日に、会社になんか来るなよ」

そして気だるそうに立ち上がった。

「こっちは、完全に油断してるんだからさ」

私はなんとか落ち着こうと小さな呼吸を繰り返したが、一向に胸のばくばくは治らない。とりあえず穏便にこの場を乗りきりたいけど、なにをしゃべったらいいのかまったく思いつかなかった。

「申し訳ありません。すぐに失礼します」

半ば走るように扉へ向かった。

「待てよ」

社長の手が伸びて、私の左腕を掴んだ。勢いがついていた私の足がもつれ、転びそうになる。その瞬間、社長は掴んでいた私の腕をぐいっと引っ張って支えた。

「あ、ありがとうございます」

こんなふうに腕を掴まれたのは初めて。社長ってこんなに力が強いんだ。

社長は逃がさないとでもいうように、ぎゅっと腕を掴んだまま私の顔を見る。

「長尾、車運転できる?」

「車ですか?」

想定外の問いかけに、思わず聞き返した。

「そうだ。二度も言わせるな」

「す、すみません」

「で？」

「運転、できます」

「じゃあ、ちょっと家まで送ってくれ」

そこでまた大きなあくびをひとつ。

「眠くて。今運転するのはまずいんだ」

社長は自分の革靴を手で足もとに寄せると、少し面倒くさそうに靴を履いた。

いつものピシッとした雰囲気の社長とは違って、のんびりと後片づけを始める。

社長が準備をしている間に私も秘書室に戻り、パソコンからＵＳＢを抜き取り電源を落とす。バッグを肩にかけマフラーを手にすると、急いで社長室に戻った。

社長は人形を箱にしまうと、ブルーのパネルを小脇に抱えた。

「それ」

社長がカメラを顎で指し示す。

「それ、持って」

「はい」

「あと、ジャケットも」

「はい」

私は慌ててマフラーをバッグに引っかけ、カメラを右手に、ソファの上に投げ出されていたジャケットを左手で持った。

大荷物を右に左にと持ち替えてヘトヘトになりながら、社長室と秘書室、両方の戸締りをして、数歩前を行く社長の後についてエレベーターへと向かう。

エレベーターを待つ間も、今にも倒れそうなほど緊張していた。

いつ、怒鳴られるのか。っていうか、千葉常務へのメールを送信していなかったことがバレるのかな。

恐る恐る横の社長を見上げると、不思議と冷たい感じがない。いつもはその空気に触れたとたんに凍ってしまうほどピリピリしているのに。

地下駐車場を歩くと、ペタンペタンという自分のスニーカーの音が響く。社長は疲れているのか、足を引きずるようにして歩いていた。

いつもは颯爽と歩くのに。平日とのギャップに、どうにもピンとこないな。

白いドイツ製高級車の前に来ると、社長はポケットからキーを取り出し、解錠した。

「あ、左ハンドル」

しまった、つい口に出してしまった。

「左はダメか？」

かすれた声で尋ねられる。

「運転したことないんですけど……でも、たぶん……大丈夫です」

そう言ってから、猛烈に後悔する。左ハンドルなんて、無理に決まってるのに。

革張りのシートに座ると、なじみがなさすぎる車内の様子に、慌てている自分がいる。なんとかシートベルトは締めたけれど、キーはどこに挿せばいい？

「えっと……」

つい仕事モードを忘れて、素に戻ってしまった。

社長の視線が痛い。助手席からアワアワしている私をじっと見ている。

「ついでに言うと、マニュアル」

社長の言葉に、私の思考が停止した。

「わかった。俺が運転する」

社長は軽くため息をつくと、手で降りろと合図した。

正直ほっとした。運転できないから私はここでお役御免だ。使えない秘書だと思われたかもしれないが、ここで解放されるのは最高にうれしい。

込み上げる喜びを隠しつつ車を降りると、社長が「こっち」と助手席を指差した。

「こっち？」

「乗れ」

ああなんだ、席を交換するだけか……がっかり。

私は、再び慣れない車内に乗り込んだ。

「長尾、これからの予定は？」

社長は面倒くさそうにそう尋ねると、噛み殺すようにひとつあくびをする。

「とくには……」

「じゃあ、送ってやる。どこに住んでる？」

あ、知らないんだ、私が隣に住んでるって。知られないままのほうがいいけれど……。

「社宅です」

馬鹿正直にそう答えてしまった。

「隣の部屋か？」

社長が驚いたような声を出した。

「はい」

「……長尾だったか。誰か住んでいるなとは思ってたんだけど」

手もとを見ることもなく、慣れた手つきでキーを挿してエンジンをかける。

やっぱり言わなきゃよかったかな。すべては後の祭りだけれど。

「そうか……長尾が住んでるんだ」

寝癖のついたままの髪で、独り言のように言う。

なにか返さなくちゃと思ったが、なにも思いつかない。無理になにかを話してこじれるのも嫌だし、ここはもう返事しなくてもいいよね？

「今、十時半か……」

社長の独り言は続く。

「面倒くさいな」

私は社長の『面倒くさい』という言い方に、思わず顔を見つめてしまった。

いつもとはあまりにも違う。そんなこと死んでも言わなさそうなのに。

「そうか……長尾が隣」

また独り言。なにを考えてるんだろう。よくわからない。

それからしばらく無言が続いた。

「長尾、今日仕事しろ」

「……はい？」

私は耳を疑った。

冗談でしょ？　冗談だよね？

「これから付き合って」

社長はさらっとそう言った。

ひどい……。鬼、悪魔！

私は込み上げる絶望感を必死に隠す。頭痛薬がバッグに入っていたか、わからない。

社長とふたりで仕事だなんて、夕方頃にはひどい頭痛に悩まされること必至だ。

もんもんとしていると、いつの間にか社宅マンションへと到着していた。

地下駐車場に着いて車を降りると、社長のカメラを抱えて、一緒にエレベーターに乗った。

「長尾、ワンピースとかスーツ持ってるよな？　できるだけ清潔感のある小綺麗な格好で来い。それからメガネをはずして化粧もちゃんとしろよ」

カッと顔が熱くなり、私はとっさに頬に手をあてる。

「普段は、そんな格好してんだな」

社長はまじまじとこちらを見て、意外そうにそう言った。

居たたまれない。化粧下地しか塗っていないこともバレているようだ。恥ずかしくて仕方がない。

エレベーターが七階に到着する。

「じゃあ、十一時に、エレベーター前に来て」

社長はそう言うと、両手に持っていた荷物をまとめて左手に持ち、右手を差し出す。

私からカメラを受け取ると、自分の部屋へスタスタと入っていった。

社長の姿が視界から消えると、思わず深いため息が出た。今日一日を潔くあきらめようと腹をくくる。

でも頭痛薬は忘れずに、持っていかなくちゃ。


自分の部屋に入って、クローゼットを覗き込んだ。持っているワンピースは、この季節にはまだ少し薄い気がする。鏡の前で桜色のショールを羽織ってみた。

「これしかないし……」

あきらめてそうつぶやくと、エナメルのクラッチバッグを手に取った。

コンタクトをして、髪を緩くアップにする。プチプラのネックレスをしたら、それなりに〝清楚〟に見える。

「どこに行くのかしら……ほんと、しんどい」

がっくりと肩を落とした。

つま先の尖ったポインテッドトーのパンプスを履いて、少しよろめく。

「履き慣れないから」

自分を擁護するように、ひとりでつぶやき部屋を出た。

エレベーターホールで社長を待つ。落ち着かない気持ちで、ショールをなおしたり、髪を触っていると。

「じゃあ、行こうか」

うしろから声がしたので、振り返った。

誰……ですか?

私は二度、三度と瞬きした。

「長尾もそんな格好できるんだな」

「社長……ですよね?」

尋ねずにはいられなかった。

黒い細身のジャケットに、ストライプのシャツ。細いパンツに、フラットシューズ。髪はラフな感じに仕上げられ、メガネをかけてない。いつものビジネススーツの印象とはまるで違う。冷たく怖いイメージは払拭されて、むしろ人あたりがいい感じだ。なにより、社長の口もとが笑ってる。

社長の笑顔の破壊力といったら、すさまじい。また胸が不意にドキドキし始めた。

「あたり前だろ」

社長は私の反応を楽しんでいるような表情を見せた。

「社長……これからどちらへ？」

動揺しながら問いかけたところで、エレベーターが到着する。社長はポケットに両手を入れて、エレベーターに乗り込んだ。

「今から俺のこと、名前で呼んで」

「え？」

社長が自分のことを「俺」って言った！　しかも、社長を名前で呼ぶ!?

「和茂って呼んで」

「……はあ？」

「俺はさつきって呼ぶから」

涼しい顔で、そんなことをさらりと言う。さっぱり理解できない。

「あの、社長」

「和茂！」

「あ、和茂……さん。あの、どういうことでしょう」

すると、和茂の顔にいたずら好きな子どものような表情が浮かんだ。

「ついてくればわかる」

そして、満面の笑みを浮かべた。

最高に魅力的な笑顔でそんなことを言われても、悪い予感しかしない。落ち着かず、クラッチバッグをぎゅっと胸に抱いて、うつむいた。

しばらくして、エレベーターが一階に到着する。エントランスには、すでに黒いタクシーが止まっていた。

「さつき、おいで」

突然下の名前を呼ばれて、私は社長の顔を穴が空くほど見つめてしまった。

社長は笑い、私をタクシーにエスコートする。

「『ラディソンホテル東京』まで」

彼がそう告げると、タクシーは私たちを乗せて静かに走りだした。

『ラディソンホテル東京』に来たのは初めてだ。

昔からある老舗のホテル。エントランスに一歩入ると、中央に噴水と大きな生花。その奥にある壁一面のガラス窓から、たくさんの光があふれてくる。周りを見ると、海外からのお客様や年配の方が多いように見受けられる。みな背筋を伸ばして、もてなされることに慣れているような感じの人ばかりだ。

大理石の床はツルツルで、履き慣れないヒールの高いパンプスで転ぶんじゃないかと心配になった。

私は心細くて社長をちらりと見上げたが、社長はとても楽しそうにしている。どうしてこんなところに連れてこられちゃったんだろう。

「社長、私はなにをしたらいいんでしょうか」

私がよろめきながら尋ねると、社長は私の手を取って自分の腕につかまらせた。これって、なんだかエスコートされてるみたい……むずむずする。

「呼ぶときは名前でって言っただろ」

「あの……どういうことでしょう」

「これから俺の兄貴に会うから」

社長のお兄さん⁉　なんで？

目を丸くしていると、社長は「俺に合わせてくれるだけでいいよ」とにやりと笑った。

そんなやり取りをするうち、館内の日本料理のお店にたどり着いた。

お店は誰もが一度は聞いたことのある高級店。入口の佇まいからして高級そうだ。社長の方針として会食に秘書を同行させることはないから、名前だけ知っていても実際に入ったことなどない。

社長が着物姿の給仕の方に「桐田です」と伝えると、「お待ちしておりました。こちらへどうぞ」と丁重に案内される。

磨かれた板張りの廊下を通ると、緊張で頭がじわじわと痛くなってきた。

そして一番奥の部屋に通された。

「遅いじゃないか」

そんな第一声が聞こえた。

十畳ほどの部屋。ガラス障子の向こうには、美しく整えられた日本庭園が見える。

上手《かみて》には、ひとりの男性が座っている。

「悪かった。俺、昨日徹夜だったんだ」

社長は彼にそう言って、私の肩をさりげなく抱いた。

びっくりして思わず身を引いたが、細い腕からは想像もできないほどの強い力でがっちりと押さえ込まれる。

どんなに女性顔負けの美しさであっても、やっぱり男性なんだ。なんだか無性にドキドキしてきた。

「彼女が？」

社長と同じぐらい綺麗な顔をしたその男性が尋ねた。

「そう。結婚するんだ」

社長がいたって冷静に言った。

「へ？」

思わず秘書らしからぬ間抜けな声が出た。肩を抱いている社長の手にぐっと力がこもる。

〝余計なことを言うな〟

そう言われているような、無言のプレッシャーを感じた。

私は慌てて笑顔を見せて、頭を下げた。

「初めまして、長尾さつきです。よろしくお願いいたします」

「綺麗な方だね」

男性はそう言って、やわらかな笑みを浮かべた。

「初めまして、兄の武則《たけのり》です。どうぞ座って」

私は言われるがままに、席に着いた。

隣を見ると、社長もあぐらをかいて座っている。

これは……もしかして、顔合わせ？　なんとなく状況は読めてきたが、なんで私が突然社長の即席の婚約者にならなくちゃいけないの？　……っていうか、こんな嘘すぐにばれるだろうし、いくらなんでもこれはダメでしょう。

私は心の中で社長を責めた。臆病だから、口には出せないけれど。

「本当に清楚で素敵な女性だな。親父もすぐにオッケーするんじゃないか」

お兄さんが言った。

「そうだろ？」

「お仕事はなにをされいてる方？」

「俺の秘書」

「意外だなあ。前は『職場で恋愛するなんて馬鹿だ』なんて言ってたのに」

「まあ、そんな時もあったな。でも……」

社長が突然私の顔を覗き込んでくる。

「彼女に出会ってからは、彼女しか見えなくなったんだ。こればかりは仕方がない」

そして私に向かって甘く笑いかけた。瞬間的に頬が思わず熱くなるのを感じた。すでにばくばくしていた心臓が、さらに鼓動のスピードを上げる。

即席婚約者にあんな顔を見せて。あの笑顔の破壊力は心臓に悪いのに……もう！

高鳴る胸をなだめながら、精いっぱいの笑顔を返した。

お兄さんはそんな私たちの様子を、注意深く見ている。

なんだか心の中まで全部見通されているのではないか、そんな気にさせる視線だ。それは、平日の社長の瞳を彷彿とさせる、人を萎縮させる眼光。

お兄さんと社長は似ている。中性的で妖艶な美しさを持っている。くっきりの二重に整った鼻梁、薄い唇。そして、すこぶる頭の切れそうな印象までもそっくり。お兄さんと社長と違うところといえば、目の大きさと、意思の強そうな眉だけ。

ふたりはとても仲がいいように見えた。時々笑いながら、会話を弾ませている。

私はいつどこでボロが出るかとヒヤヒヤしていたが、社長は嘘をついているということを微塵《みじん》も感じさせない。ふてぶてしいほどに、堂々としている。

そんな社長を見ていたら、ビクビクしている自分がだんだん馬鹿らしくなってきた。

仕方がない。ご飯だけでもおいしく食べてやろうじゃないか。こんなチャンス、今後二度とないかもしれないし！

こうして食事会が和やかに始まった。

左手のガラス戸から見える日本庭園は、春の日差しに緑が映えて、本当に美しい。次々と出される料理も、食べたことのないような凝ったものばかり。どうやって味付けされているのかさっぱりわからないけれど、究極のおいしさを実感した。

こんな状況じゃなければ、もっと満喫できたのになあ。

私は腹立たしさを押し込めて、ニコニコと笑い続けた。

「いつ結婚するんだ？」

お兄さんが日本酒を片手に尋ねた。

「まだ決めてない」

さも、そんなことには興味がないというような顔で、社長が答える。

「早く決めろよ。親父が早くあの会社を売って、帰ってこいって言ってるぞ」

「親父の好きにはさせないよ。あれは俺の会社だ」

「……相変わらず、わがままな。道楽の延長線上だろ？」

お兄さんがそう言うと、社長はあからさまに顔をしかめた。

「約束通り、利益は出してるんだ。道楽じゃない」

お兄さんがひとつため息をつく。

「お前はいつだって、そうやってうまく親父から逃げるんだ」

「タケが親父に従いすぎるんだよ」

「……長男の性分だな」

お兄さんはそう言って、照れたように私に笑いかけた。

私はなんと返事をしていいかわからず、曖昧に笑顔を返す。こんな話、私が聞いていいのだろうか。

「こいつは、経営学部に進めっていう親父の言葉を無視して、勝手にデザイン学科に進んだし。日広グループの関連会社のひとつを任せるつもりだった親父に歯向かって、映像制作会社を立ち上げたんだ。ほんとに、問題児だよ」

「いいじゃないか。親父にはタケがいる」

社長はそう言って笑った。

「でも結婚したら帰る約束だぞ」

「ああ、わかってる」

どうだか、とお兄さんはあきれたように肩をすくめた。

私はなんとも不思議な気持ちで、この兄弟のやり取りを聞いていた。

今の社長は会社での印象とずいぶん違う。統率力があって、みんなから尊敬されつつも恐れられている、カリスマ性のある社長。そんな会社での雰囲気をまったく感じさせない。

今、ここにいる社長は、親に反発している自由奔放な弟キャラ。そんな感じだ。

社長に目をやると、向こうもこちらをちらっと見る。私は慌てて目を逸らした。

目が合うと、落ち着かない。いつもの冷たい社長の視線と違うからか、それが婚約者に向ける甘い視線だからかわからないけれど、心臓が変になりそうだ。


「今度は、実家にも来てくださいね」

食事が終わり、エントランスで別れの挨拶をしているとき、お兄さんが微笑みながらそう言ってくれた。

お兄さんは愛想よく話しかけてくれたが、それが本心かどうかはわからない。笑顔の下に、本質を見抜こうという鋭さがあるのだ。

「は、はい。ありがとうございます」

私は萎縮しながらも、笑顔でうなずいた。

「じゃあまたな」

お兄さんはそう言って、ロータリーに止めてあるタクシーに乗り、去っていく。

私はお兄さんに手を上げて答える社長を見上げ、恐る恐る「社長、お仕事はこれで終わりでしょうか」と尋ねた。

次に待機していたタクシーがすべり込んできて、目の前で止まる。

「名前で呼べって言っただろ」

先に私をタクシーに乗せ、その後に社長が続く。

「でも、お仕事はもう終わりでは？」

私が言うと、社長はちらっと見る。

「……なにも聞かないんだな」

「伺いましたが、教えていただけなかったので、私の踏み込むべきところじゃないと思いまして」

正直、この茶番はなんなんだと文句のひとつも言ってやりたいし、聞きたいこともなくはない。だが、これ以上めんどうごとに巻き込まれるのはごめんだった。

「ふうん。よくできた秘書だな」

社長はシートに深く身を沈めて、腕を組んだ。

「ありがとうございます」

私は頭を下げた。

解放が近い。そう思うとウキウキした。隣とはいえ、自宅に戻れば社長に気を使うことなく伸び伸びできる。

こんなピラピラした服を脱いで、ベッドにゴロンと寝転べるじゃない？

「じゃあついでに、もう一軒付き合ってもらうかな」

社長が気軽な声で言う。

「もう一軒……ですか」

ウキウキが急速にしぼんでくる。

せっかくの休日なのにまだ続くの？　今度はなによ⁉

私に「嫌だ」と言う選択肢はない。当然というように、社長は「六本木《ろっぽんぎ》まで」と運転手に伝えた。

「ビジネススーツに着替えさせていただきたいんですけれど」

私はビクビクしながら社長に申し出た。仕事と言うのなら、きちんとした格好をしたい。社長に隙を見せるのは絶対に嫌だ。

「いや、その格好がパーフェクト。今度はもっと甘くしてもらうから」

甘く？　婚約者のフリはもう終わったんじゃないの？

頭が混乱して、首をかしげるしかない。どういうことだろう。さっぱりわけがわからない。

そんな私を見て、社長は楽しそうに笑った。


夕方の六本木。

早々と遊びに出てきた人たちが、道いっぱいに広がり波をつくっている。

タクシーを降りて、社長にコーヒーをごちそうになった。

「俺が飲みたいから」

そう言って、今ぐらいの時間からはバーになる、隠れ家のような小さなカフェに入った。客の大半が海外の人だ。『ラディソンホテル東京』のような豪奢なところの後で、こんなおしゃれなカフェに来るなんて、社長の行動範囲は広いと驚くばかりだ。

誰と来るんだろう、こんな素敵なカフェ。

窓際の席で社長は、長い脚を組み、コーヒーに口をつける。

「いただきます」

私は休日がつぶれてがっかりしている様子を見せないように、無表情を決め込んだ。

「六本木でどんなお仕事があるのでしょうか？」

「仕事じゃないよ」

仕事じゃないって、じゃあなんで私を連れてきたの⁉

社長は微笑むと、コーヒーカップをソーサーに置いた。

無駄のないフェイスライン。耳から首、肩に沿って、たとえようのない色気が漂っている。会社では、必要最低限の接触しかないから、社長のこんな姿が不思議でならない。スクリーンの向こうにいるような現実感のない姿であるのは、会社でもプライベートでも変わらないけれど。

この圧倒的な美貌を持つ人が、私の隣の部屋に住んでるんだよね？

「……社長、どうして社宅に住んでいらっしゃるんですか？　社長ならもっと広い部屋に住めるじゃないですか」

尋ねてから、即行で後悔した。『引っ越してほしい』という気持ちを読まれたかもしれない。

「社長になにか意図があって、そのようにされてるのかと……」

慌ててフォローしたつもりが、どうにもうまくない。

「意図なんかないよ。あれは俺のマンションなんだから、住んだってかまわないだろ？」

「社長の？」

「そう、俺のマンション。投資用に建てたけど部屋があまってるっていうから、社宅にした。会社も近いし都合がいいだろう？」

「……そうですか……」

小さくそう答えた。正論すぎてなにも言えない。当面社長が引っ越すなんてことはないだろう。本当にがっかり。

「なに？　引っ越してほしかった？」

社長がにやりと笑う。どうやら見透かされているらしい。

「いえ、そんなことは……」

私は慌てて首を横に振った。

「秘書なのに、感情が顔に出ちゃうんだな」

ハッとして右手で自分の頬を触る。

「秘書としてはどうかと思うけど」

社長の手が伸びて、カップを持っていた私の左の指に触れる。私は驚いて、社長の顔を凝視した。

「女としては、かわいいんじゃないか？」

社長は指を絡めるように、そのままきゅっと握る。

顔に火がつくのがわかった。社長が頬杖をついて、試すように私の顔を覗き込む。

「あの、社長、どういう……」

「練習」

「なんの練習でしょうか、これ」

「俺に愛される婚約者の……っていうか、いい加減名前で呼んでよ」

「はあ」

「じゃあ、行こうか」

社長は笑うと、そのまま私の腕を引っ張り上げ、立たせる。

さりげなく腰に手を回されて、私は頭がぐるぐるしてきた。

「社長、えっと……あの……」

「黙って、さつき。今度また俺のこと社長って呼んだら、人事査定を減点するよ」

「……えっ」

社長は「冗談」と言って、少年のように楽しそうに笑う。

冗談を言うような社長じゃないのに。どうしちゃったんだろう……。

私はただ呆然とするしかなかった。

噂には聞いていたけれど、一度も足を踏み入れたことのない、クラブという夜の遊び場。鼓膜に響くリズムと、人、人、人。社長に腰を抱かれたまま、なにも言葉が出てこない。

なぜ、私はここにいる？

圧倒されている私の耳もとに、社長がそっとささやいた。

「楽しめばいいから」

楽しむ？　どうやって⁉

私は落ち着かなくて、キョロキョロと辺りを見回した。

「和茂、誰それ」

大音量で音楽が鳴り響く中、高く尖ったような女性の声が飛んできたが、その主の顔は暗くてよく見えない。

「俺、彼女と結婚するんだ」

社長の声が、耳の少し上から聞こえてきた。

なるほど、私はここでも婚約者の振りをしなきゃいけないってわけね。

「はあ？　また冗談でしょ？」

女性の声が近づき、香水の匂いが鼻をつく。

「冗談じゃないよ。本気。かわいいだろう？」

社長の唇が、私のこめかみに軽く触れる。私は驚きのあまり、目を丸くした。

今、キスした、この人。なにこれ……。

「和茂がそんな真面目なことできるの？」

「なに言ってんだよ。俺、すっごい真面目だろ？　だから今日はわざわざ、彼女を紹介しに来たんだ」

「えー」

目が慣れて女性の姿がはっきりしてきた。スタイルのいい、モデルのような女性だ。

「さつき、飲むだろ？」

「の、飲んだほうがいいんでしょうか」

「いいに決まってる」

社長が私に顔を寄せる。

私はまたキスされるのかと身構えて少し身を引いたが、それを許さないとばかりに、社長は私の腰に回した手に力を込める。

「敬語も禁止。マイナス一ポイント」

「……そんな、横暴な……」

思わず社長に対して、そんなことを言ってしまった。

「俺が横暴なのは、知ってるだろ？」

社長が口の端を微かに上げて笑う。

「それに、俺を拒否するのも禁止だからな。マイナス二ポイント」

「……はあ」

今の社長には、なにを言っても通じない。私は力なくうなずくしかなかった。

私たちは壁際にあるベロア生地のソファ席に座った。

ガンガン鳴り響く音楽。明滅するライト。なにが楽しいのか、みな声をあげて笑っている。

ソファに座っている間も、社長は私から手を離さない。離したとたん、私が逃げ出すとでも思っているかのようだ。

さすが社長。大正解。隙あらば、逃げたくて仕方がない。だって、いつもの社長も勘弁してほしいけど、今の社長はそれに輪をかけて扱いづらい。常識が通用しないんだもん。

私は困り果てて社長を見上げた。

——なんなの、この人。

「和茂が婚約者を連れてきたって？」

男女問わず、続々と人が集まってくる。

「清純そうだな～。騙してるんだろう？」

「俺がそんなことするわけないだろ」

そう言って軽くあしらうように笑う社長の傍らで、私は完全に見世物になっている。

不愉快極まりない。

「えー、誰とも結婚しないって言ったじゃない」

今度はすごくセクシーな、先ほどとはまた別の女性が、勢いよくやって来た。

「前はそのつもりだったんだけど、気が変わったんだ」

社長がいたずらっぽく微笑んで、グラスに口をつける。

「お前は、相変わらず調子がいいなあ」

男がにやにやしながら言う。

「お嬢さん、この男、本当にまずいよ。今すぐ別れたほうがいい」

周囲が同意するように笑った。

ああ、つらい。居心地が悪くてたまらない。顔が引きつってきた気がする。

「ダメダメ。さつきは俺と結婚するんだから」

社長が再び私の頬に軽くキスをする。

電気が走ったみたいに、体がビクッとした。本当にもう、私の雇い主でなかったら、この場で社長を殴り倒したいところだ。

「あの和茂が結婚するらしいぞ、お祝いしよう！」

社長のすぐ隣に座っていた若い男性が大声をあげた。

それを皮切りに、高級シャンパンの栓が開けられる。私のグラスにも、なみなみと泡の液体が注がれた。

「飲めよ」

社長はそう言って微笑みかけると、自分のグラスをあっという間に空にする。

私も渋々グラスに口をつけた。

「キスしろ〜」

早くも酔いの回った誰かが、囃し立て始めた。

嫌な予感。逃げようとしたが、社長の左腕が私の肩を強く抱く。

「あの……しゃ……和茂さん」

社長の首筋に頬が押しつけられた。

「逃げるなよ」

耳もとでささやかれる。

「でも……」

「場を白けさせるなよ。これが今日のさつきの役目なんだから、まっとうしろ。だいたい、キスぐらいたいしたことないじゃないか」

そう言われて、私はキッと社長を睨み上げ、小さな声で抗議の声をあげた。

「たいしたことあります！　社長とキスなんか、したくないっ……ですっ」

社長が私の顔を見下ろす。その表情を見る限り、少し驚いているようだ。私は目に精いっぱいの力を込めて、必死にキスしたくないことを訴える。

とにかくこの場でキスなんて、絶対に嫌！

「おい、早くしろ～」

周りは騒ぎ立て、ボルテージは上がる一方。

社長は、私の頭を両腕で抱えるように、引き寄せた。

自分の心臓の音が、頭の中で響いている。

今、社長に抱きしめられてる……。あの社長に！　信じられない。

アップしていた髪を、社長の長い指がほどいて、そのまま首筋をなでる。

その触れるか触れないかぐらいの指先の感触に、思わずあっと声を漏らしビクッと背をのけ反らせると、目の前に社長の唇があった。

温かい息遣いとシャンパンの香りに酔う。

「あきらめて」

社長がそうささやいた瞬間、やわらかくて温かい社長の唇が私の唇に触れた。

思わず、社長の腕をぎゅっと掴む。周囲の騒音が一瞬遠のいて、自分の胸の音が頭の中に響いてきた。

息が、できない――。

長い口づけの後、社長が私を解放した。

男性の歓声と冷やかしに、女性の泣き叫ぶような悲鳴が交じる。

「しちゃった」

呆然としている私に、社長が微笑み、いたずらっぽく言った。

嘘……でしょ。

私は無意識に、グラスのシャンパンをあおった。

一杯、そしてまた一杯……。何杯飲んだかわからない。

とにかく自分の許容量をはるかに超える量を飲み干したことは、確かだと思う。ドキドキと脈打つ自分の鼓動を感じながら、悔しくてたまらなくなる。

普段のあの怖さも苦手だけど、今の遊び慣れた社長は最悪だ。こっちの気持ちはおかまいなしに、台風のように私を自分のペースに巻き込んでいく。

それなのに、それなのに。

私は唇を噛んだ。心臓の音が鳴りやまない。自分勝手で浮ついた様子の彼にときめいた自分が許せなかった。


深夜十二時を過ぎる頃、ようやくタクシーに乗った。

まだまだ活気のある六本木のビル群を窓から眺めながら、私はアルコールでぼんやりする頭をなんとかしようと、何度か深呼吸した。

「社長、これで終わりですよね……」

「まあね」

その答えを聞くと、どっと疲れが押し寄せてきて、私は「はあぁ」っと深いため息をついた。

「信じらんない」

心の声が、ついつい口をついて出てきてしまう。

「信じられません。あんなふうに、人前で、私に……」

「嫌だって言うから、紙ナプキンを間に入れたじゃないか」

「……それをとっさにやれる、なんていうか、慣れた感じが……信じられない、です」

あの時、両腕で頭を抱きながら、社長は私たちの唇の間に薄い紙を挟んだ。それでも、しっとりとした温かさが唇に残っている。

「信じられません」

目を閉じ、口を尖らせた。

「俺も信じられない。キスを拒否されたの初めてだ」

「自慢ですか？」

投げやりな気持ちになっている。社長にこんなふうに抗議しているなんて。もうどうだっていいような気がした。

「いつか、俺とキスしたくなるよ」

「はは～、なにを馬鹿なことを」

私の頭は朦朧《もうろう》として、現実と夢の境目を行ったり来たり。シャンパンの甘い香りに包まれていると、細かに振動する車内がまるでゆりかごの中のようだ。すごく気持ちがいい。

社長が私の顔を覗き込む。

「俺とキス、したくなる」

そう言って笑みを浮かべた。

私は夢うつつで、目を細める。目の前にいるこの現実離れした美しい男は、社長なんかじゃない。だってうちの社長はこんなふうに遊び慣れてないし、私を即席の婚約者にするような適当な人でもないもの。仕事には厳しいし怖くて仕方ないけれど、でも彼はすごく有能な人。

……だからこの男は社長じゃない。

「絶対に、したくなりません」

ろれつの回らない口調で、つぶやいた。

「死んでも、あなたみたいな人と、キスなんか……」

ふわふわしながら、目を閉じる。耳もとで、軽く笑った気配がした。

「じゃあ、ゲームをしようか。さつきが俺にキスしたくなったら、さつきの負け」

そう、聞こえた。

負け？　負けってなに……？

私は心の中で聞き返しながら、眠りに落ちていった。

ゲームスタート

週明けの月曜日。

長い黒髪をきゅっとひとつにまとめて、黒縁のメガネをかける。メイクはファンデーションに、薄いチークだけ。仕事をするのに、アイラインやマスカラなんて必要ない。普段はそんなスタンスを貫いているけれど、今朝の私は違っていた。

どんなにビジネスモードで武装しても、間抜けにしか見えない。鏡の中の自分が、とたんに泣きそうになる。

「まずい、どうしよう」

思わず両手で顔を覆った。

昨日の朝は、起きるとすでに昼だった。頭の中でブラスバンド部が大騒ぎしているような、それはもうひどい頭痛。自分から立ち上るアルコールのにおいに、再び酔ってしまいそうだった。

けれど、そんな寝覚めだったにもかかわらず、私は自分のベッドでちゃんと寝ていた。なんとパジャマにまで着替えて。

私らしいといえば、私らしいわ。

そんなことを考えながらパジャマを脱いだが、思わず眉をしかめてため息をついた。

恐ろしいことに、まったく記憶がなかったのだ。タクシーに乗ったところぐらいから、綺麗さっぱりなくなっていた。

パリッとしたシャツを着て、ネイビーのジャケットを羽織る。

社長と間違っても鉢合わせしてはいけない。私はドアをそっと開けると、マンションの廊下を覗き見た。

大丈夫。いない。

私はすばやく部屋を出ると鍵を締め、すべり込むようにエレベーターに乗った。

電車の中でも、土曜日に自分がなにをしでかしたのか、真剣に考えてみた。

っていうか、あれは全部夢だったような気がする。だいたい、社長があんなふうに夜の町で遊んでいるなんて……いや、あるわけがないし。だって、あの社長よ？

そう、夢だったに違いない。もし、それが夢じゃないというのなら、昨日の男は社長にすごく似てるけどまったくの別人だ。

窓の外に見えるビルの窓ガラスが、キラキラと朝の空気に光を散らす。

私にはそのまぶしさがいまいましい。だって、私の記憶はもやもやとして、ちっともすっきりしないもの。

電車に揺られながら、スマホを取り出した。

あの夜——社長に連れ出された土曜日の夜。〝あの人〟に電話する約束だったのに、すっぽかしてしまった。昨日起きてからスマホを確認すると、十回以上の着信履歴があったので、慌てて折り返し電話をして謝ったのだった。

私はひとつため息をつく。

「いつ、帰ろうかな」

周囲に聞こえないよう、小さくつぶやいた。


コーヒーを入れ、軽い掃除をして、メールをチェックする。就業前のいつもの準備。その間も、心が落ち着かない。

どうしよう、あれが夢じゃなかったら。

『土曜日はお疲れさまでした』とか、言ったほうがいいんだろうか。

隣を見ると、リカちゃんもこっちを見ていたようで、目が合った。

「長尾さん、今日はどうしたんですか？」

「え？　なんかおかしい？」

慌てて自分の頬を両手で挟んだ。

「まだ社長が来てないのに、ものすごく緊張してる」

リカちゃんはそう言うと、両方の人さし指で自分の眉間を伸ばすような仕草をした。

「眉間にしわ出てます、伸ばして伸ばして」

「あ、ごめんなさい」

自分を取り戻そうと深呼吸した。

そこに、扉が開く音。

リカちゃんと、副社長付きの秘書ふたりがさっと立ち上がった。私も立ち上がる。

「おはようございます」

みんないっせいに頭を深く下げた。

「おはよう」

社長はいたって通常運転。グレーのビジネススーツにえんじ色のネクタイがよく合っていた。銀縁メガネの奥の瞳は冷たい。隙がなく、気持ちを張りつめている雰囲気はいつも通りだ。

私の目の前を通り過ぎるときも、いっさいこちらを見ない。やっぱり土曜日のあの男は、似ているようで別人だった。というか、起こったことも全部夢。

社長室へと入っていく広い背中を見ながら、私は安堵して肩の力が抜けた。

普段の社長に対応するだけでも手いっぱいなのに、加えて土曜日のあの男の面倒も見なくちゃいけないとなったら、気が狂うところだった。

「今日も、ピリピリしてますね」

リカちゃんが首をすくめる。私は「そうね」とうなずいて、いつも通り仕事を始めた。するとすぐに内線が鳴る。

「はい」

『長尾、来い』

「かしこまりました」

受話器を置いて、少し考える。

仕事の話……よね？

「呼び出しですか？」

リカちゃんが大げさにブルブルっと震えた。

「そう」

「気をつけて」

リカちゃんに見送られながら、私は社長室の扉をノックする。

「入れ」

冷たい声が聞こえると、「失礼します」と言って部屋に入った。

社長はデスクで、書類に目を通している。黒髪が銀縁メガネの上にかかり、その下からシャープな頬のラインが続く。長い指が前髪を梳《と》いて、メガネ越しにちらっと目もとが見えた。

「長尾、千葉への連絡が土曜日だったみたいだな」

書類から目を上げず、社長が言った。

私は背筋をピンと伸ばす。じわりと手のひらに汗をかいてきた。

「僕は金曜日に言ったはずだ」

「はい、申し訳ありません」

私は九十度で頭を下げた。

「二度とごまかすな」

「申し訳ございません。以後気をつけます」

さらに深く頭を下げた。

「それに」と社長が続ける。

「パジャマがパンダ柄だなんて、色気もなにもない。やめろ」

私は驚いて、がばっと顔を上げた。

社長の口もとが、笑みを浮かべている。

「あ……あの……」

驚きと羞恥に、言葉が出てこない。

「ぐうぐう寝やがるから、ちょっと襲ってやろうと思ったけど、パンダ柄でその気が失せた」

「社長が……」

「着替えさせたけど？　ワンピースを脱ぎたいって騒ぐから」

あまりの衝撃に、社長の顔から目が離せない。

夢じゃ、なかった。なんてこと……。

社長が立ち上がり、こちらへ歩み寄る。私も思わずドアのほうへと後ずさる。

ドアノブに手を伸ばした瞬間、その上から力強く手を掴まれた。

耳のうしろに社長の温かな唇があたる。私は思わず「あっ」と声を出した。

「やっぱりしたくない？」

耳もとに呼気がかかり肌がゾワゾワし、一気に心拍数がはね上がる。

「な、なにをですか？」

私は勇気を振り絞って、尋ねた。

「忘れちゃった？」

くすりと笑う気配。

「キス」

「……キス？」

「さつきが俺にキスしたくなったら、さつきの負けだって、言っただろう？」

「は？」

そんなこと聞いた覚えはない。どういうこと⁉

私はノブに手を置いたまま振り返り、社長を見上げた。目の前に、メガネをかけた社長の綺麗な顔。

でも、これは社長じゃない、よね？

土曜日に会った、遊び慣れた人。私にキスしようとした、あの男。

「さあ、どうやって、その気にさせようかな」

社長がいたずらっぽくにやりと笑う。

私は焦った。一刻も早く、この場から消えたい。

とりあえず逃げよう！　そうしないと土曜日みたいに、あっという間にこの人のペースに巻き込まれちゃう。

ドアノブを回そうと、手に力を入れたが、社長の手が私の指をぐいっと引っ張る。そのまま、私の指先を社長は自分の口もとに引き寄せ、唇を寄せた。

私は驚きで、固まった。

「ああ、それから……」

指先に、社長の声の振動と温かさが伝わる。

「このことは、ふたりだけの秘密だからな」

そう言うと、軽い音を立てて私の指先にキスをした。

嘘でしょ……。

私は、完全に腰が抜けてしまった。

艶かしい雰囲気はもともとあった。冷たさで覆われていても、艶っぽい空気は漏れ出ていた。でもこんなに私に向けて放たれることはこれまでなかったのに。ビジネススーツとメガネのスタイルで、この色気。

ズルズルとその場に座り込む。見上げると、社長は私を誘うように見下ろしている。

それからいたずらっぽい笑顔を見せた。

心臓がばくばくする。

メガネの奥の瞳がこんなに魅惑的だなんて、思わなかった。冷たくて怖い人だと思ってたけど、違う意味で、とんでもない人。

力の入らない腰をなんとか持ち上げ、立ち上がる。

「失礼しました」

社長室からよろよろと逃げ出すと、自席に倒れ込むように座る。

「長尾さん、どうしたんです？　顔が真っ赤ですよ」

リカちゃんが目をまん丸にして、私の顔を覗き込む。

「そう？　気のせいかな？」

私はそう言いつくろったが、動揺を隠せていないのはわかった。

あの社長はすさまじい。笑顔の破壊力もすごいと思ったが、あの色気は衝撃だ。人を破滅に追いやろうとしてるのだろうか。

だいたい、キスしたくなったら私の負けって、どういうこと？　なにその、わけのわかんないゲーム。社長はきっと、女性なら誰でも自分に酔ってキスしてほしいって信じてるんだわ。とんだ自信家。手に負えない。

いや、まあ、わかるけどどね。あの顔だもの……。

私はばくばくし続けている胸をなだめるため、手のひらでぎゅーっと押さえつけた。

大丈夫、まだ社長とキスしたいなんて思ってない。

そこで私は首を振った。

「『まだ』ってなによ。未来永劫ないっていうの！」

思わず口に出てしまった。

リカちゃんが「未来永劫？」と首をかしげる。

「ごめんごめん。独り言」

私は腹立たしさをなんとか収めようと、まぶたを閉じて深呼吸をした。

それから、能面のような顔でバリバリ仕事をした。すると、徐々に平静に戻ってくる。社長は社長室から出てこなくていい。このまま何事もなく終業時刻までいければ……。

けれどお昼の十一時頃、竹中課長が秘書室に顔を出した。

「社長は今いらっしゃるかな？」

相変わらず小さくなって自信なさげな顔をしていたが、この間よりもずっと晴れやかだ。

「はい」

リカちゃんは社長に内線をかける。

「竹中課長がいらっしゃっています。お約束はしていないとのことなのですが」

社員がアポイントなく社長を訪ねることはあまりない。

どうしたんだろう？　まさかの退職届？

不吉な考えが頭をよぎって、私の胸がぎゅうと締めつけられる。

リカちゃんが内線を切ると、すぐに社長室の扉が開いた。

私はビクッと無意識に飛び上がる。ちらっと見上げると、社長はいつもの社長だ。

そう、我が社の冷徹社長。

「社長！」

竹中課長が勢いよく頭を下げた。

リカちゃんと私は、何事かと驚いて顔を見合わせる。

「ありがとうございました」

「うまくいったようで、よかった」

社長の表情は変わらない。笑いもしないし、怒ってもいない。

どういうことだろう？　秘書である私にはちっともわけがわからない。

竹中課長は満面の笑みを浮かべた。

「社長が直接交渉してくださったので、先方に大きな損をさせずに話をまとめることができました。今後も取引してくださるそうです」

「そうか。その件の報告書を出してくれ」

「はい、早急に」

社長は軽くうなずくと、話は終わりというように踵《きびす》を返した。

「社長っ！　あと……」

竹中課長が一歩前に出た。社長がちらっと振り向く。

「部署異動の件、ありがたく思っております」

「ああ。竹中の能力は財務部のほうが発揮できる」

それだけ言うと、社長は竹中課長にそれ以上なにも言わせまいというように、社長室へと帰っていった。

私はほっと胸をなで下ろした。

退職願じゃなかった。よかった……。

「竹中課長、部署異動の希望を出してたんですか？」

リカちゃんがにこやかに話しかける。

「社長から話を持ちかけられて」

竹中課長は恥ずかしそうに頭をかいた。

「営業で就職したけれど、僕にはあまり向いてないんじゃないかと思ってたんだ」

たしかに竹中課長は、先方に強く出られると全部条件をのんでしまうようなところがあった。

「社長は僕に会計の知識があることをご存じで、営業職を経験した僕なら、財務部の管理職に適してるんじゃないかと言ってくださったんだ」

「へえ」

リカちゃんは感心したというような声を出した。

私も本当に驚いた。先日人事査定書類を欲しがったのは、罰としての部署異動もしくは降格を検討するためだと思ったのに。

私は閉じられた社長室の扉を眺めた。

社長はとても優れている人なんだ。威圧的だけれど、同時に人をよく見ている。

「社長が先方に直接交渉してくれたのも、本当に助かったよ」

竹中課長の声が耳に入る。

「社長は、人と交渉するのもお上手ですからねえ。なんとなくいつの間にかみんな、社長のペースに巻き込まれているっていうか」

リカちゃんは笑いながら言った。

そこで、社長が持ちかけてきたわけのわからないゲームが、ポンと頭の中によみがえった。

たしかにうまい。社長のペースに私も完全に巻き込まれちゃってる。

私は憮然とした顔で、ぷいっと社長室の扉から顔を背けた。


その日の夜八時——。社長室から、社長が出てきた。

「長尾」

「はい」

社長とは目を合わさない。私は社長の頭のてっぺんあたりを見つめる。

「出る。長尾も支度しろ」

「……どこかへ行かれるのでしょうか」

「寄るところがある」

そう言うと、社長は振り返らず秘書室を出ていった。

リカちゃんが「え～」と声をあげた。

「同行ってことですか？　珍しいですね」

「ほ、ほんとに……」

嫌な予感がする。秘書としての同行じゃないんじゃない？　私に拒否権はある？

「とにかく社長が待っていらっしゃるから、早く支度して行ってください。怒られちゃいますよ」

私が気乗りしない様子でいるのを見て、リカちゃんがせっついた。

「意外と、会社を出れば優しい人かもしれませんよ」

リカちゃんが励ますように声をかけた。私は曖昧に笑って返す。

社長は会社を出ると、とんでもない遊び人ですよ。

私はパソコンをシャットダウンした。


地下駐車場に、ドイツ製高級車の低いエンジン音が反響している。

私は車に駆け寄ると、「お待たせしました」と頭を下げた。

「乗れ」

まだビジネスモードの社長が、指で合図する。私は覚悟を決めて、車の助手席に乗った。

車が地上へと出ていくと、夜空にまん丸の月が見えた。

「あの……社長」

「なんだ?」

「どちらかへ、お寄りになるんですか」

「社宅に帰るから、送ってやろうと思って」

ああ、やっぱり。本当に、ありがた迷惑とはまさにこのこと。

社長の顔に、隣を走る車のライトが映る。

車を運転する男の人は、どうしたって三割り増しぐらいに見える。それがこの顔の社長ならなおさら。今朝指にキスされたときの、社長のあの誘うような瞳を思い出して、腹立たしくもドキドキしてきた。無視したくても、つい隣に目がいってしまう。

ふと気がついた。この間も助手席に座ったけど、今日はどこか違う気がする。

私は社長が運転する横顔をまじまじと見つめた。

あ、そうか。あの時は、寝癖がついてた。ぴょこんって、かわいい感じの。

私は社長の寝起きを思い出して、クスッと笑いそうになってしまった。慌てて顔をもとに戻す。社長は前方を見ていて、こちらの表情に気がついていない。

ああ、ほっとした。でも、こんなふうにわけもわからずちょっかいを出されるのは、困るなぁ。

「送っていただけるのはありがたいのですが、あの……」

「迷惑？」

社長の瞳がちらっとこちらを見ると、すでに速まっていた脈がさらに暴れだす。

「いえ、そんなわけじゃ……。交通費もいただいてますし」

私が言うと、社長がくすっと笑う。

「本当に、顔に出る奴だな」

私は気まずくなってうつむく。それから勇気を出して「あの……以前通りにしていただきたいんです」と言った。

「……ふうん。困ってる？」

社長が考えるように言う。

私は恐縮しながら、「はい」と小さくうなずいた。

「なるほど」

社長はそう言って黙る。

「もっと、社長にお似合いの、綺麗で魅力的な女性はたくさんいますし、そういう方はきっと、社長とキスしたいって思うんじゃないかと……ですから、私なんかとこんなゲームをして遊ばなくてもいいのでは、と思うんですが」

言いながら、自分でも支離滅裂だと思ったが、とりあえずもうちょっかいは出さないでほしい、その一心で言葉が口をついて出た。

「俺さあ」

信号で止まったとき、前方に目を向けたまま社長が言う。

「綺麗な女って見たことないんだよね」

「……は？」

私は思わず眉をひそめた。なにを言い出すんだ、この人。

「だから、そういうのには興味ないんだ」

私は目をまん丸くして、運転する社長の完璧な横顔をじっと見つめた。

まあ、そりゃご自分の綺麗な顔は毎日ご覧になってらっしゃるだろうから、周りにいる美人に惹かれないっていうのは、ごもっともですけれど。

周りは綺麗な人だらけだって、常々思っている私って……。

思わず舌打ちしそうになるのを、ぐっとこらえた。

「さつきは、おもしろい」

「……それは、褒めてるわけじゃないですよね？」

「褒めてるよ。からかうと楽しいし」

私は憮然として、無意識に腕を組んだ。

これは怒ってもいいレベルじゃない？

「格好は地味だし、色気ないし、メガネがでかすぎるし」

わかっててやってるんですけど？　っていうか、メガネはでかくないもん！

「仕事はできるけど、思ってることがすぐ顔に出ちゃうし」

社長の行動があまりにも突飛だからでしょ！

「恋愛経験もないし」

「……恋愛経験があるかどうかなんて、社長にはわかりませんよね？」

「わかるよ。だって、指にキスしただけで腰抜かすなんて、笑える」

私はまっすぐ前を向いて、この屈辱に耐え続けた。

「俺にしてみれば、さつきほど興味が湧く対象はほかにいないわけ。だから、ちょっかいを出さないでほしいっていう願いは、却下」

それ、完全に暇つぶしで、私にちょっかいを出すって言ってますよね？

信じられない。なんなの、この人。

社宅に着くと、案外あっさりと「じゃあ」と言って、社長は自分の部屋へと入っていった。

心底ほっとする。今夜はこれで自由だ。

玄関を入ってすぐ右の引き戸を開けて、洗面所の電気をつける。

『メガネがでかすぎる』

私は社長に言われた言葉を思い出し、鏡に顔を近づけてみる。

そんなにメガネ、おかしいかしら。

メガネをはずし、メイクを落とした後、洗顔石けんを泡立てて洗い流す。さっぱりとして、ツルツルになった肌を手で触ると、生き返った気がした。

ブルーのトレーナーに、部屋着のロングスカート。冷え性対策の靴下をはいて、さて夕飯はどうしようと考えていると、「ピンポーン」と玄関のチャイムが鳴った。

私は、冷蔵庫の前で動きを止めた。まさか……。

玄関を開けると、グレーのフード付きパーカーとスウェットを着た社長が「飯、食いに行くぞ」と立っていた。

「社長……私、もうご飯を作り始めていて」

本当はまだなんにもしていなかったけど、とにかく社長とふたりきりでどこかに行くのは避けたい。

「じゃあ、部屋でごちそうになるかな」

サンダルを脱いで、玄関に上がろうとするのを、私は「ややや、そ、外に行きますから」と必死に止めた。

「じゃあ、行くぞ」

パーカーのポケットに両手を入れて、もう一分一秒待てないというポーズ。

私は仕方なく、玄関にあったバッグを取り、スニーカーを履いた。


社長に連れられ、マンションから歩いてほんの五分ほどの、バーのようなところへ連れてこられた。六席のカウンターしかない小さな店で、四十代の男性がひとりでやっているようだ。

社長は奥から二番目の席に座った。

「さつき、こっち」

私は壁際の席に、渋々座る。

「あら珍しい。今日はかわいい女の子と一緒ね」

私たちにおしぼりを差し出しながら、マスターがおどけたように言う。その甲高い声に意表を突かれて、私はマスターを見上げた。

「隣に住んでるから連れてきた」

社長は機嫌よくそう言った。

「隣に住んでるってだけ？　おいしく食べちゃおうとか、考えてんじゃないのぉ？

本当、嫌んなっちゃう」

マスターはそう言って、拗《す》ねるフリをした。

「マスターは、俺のことが好きなんだ」

社長はちょっと自慢げに私に言ってきた。

「はあ」

私はうなずいてみたものの、それが冗談なのか本気なのかはさっぱりわからない。

暗い店内には、静かにジャズが流れている。大人の隠れ家のような店だ。

「さつきはなに飲む？　俺は焼酎にするけど」

社長がメニューを開いて見せてくれる。

「……私、お酒は結構です。ウーロン茶をいただきます」

「だよな。この間もあれだけしか飲んでないのに、ぐーぐー高いびきかいてたし」

社長は笑う。

そういえば、社長にパンダのパジャマまで見られたんだった！

私は恥ずかしくて、瞬間的に体が熱くなる。

「こんな純粋そうな子を言いくるめて、食べちゃおうなんてダメだからね」

マスターが支度をしながら社長に話しかける。

「そんなこと考えてもないよ」

しれっと言った社長を、私は疑いの眼差しで眺める。

この人は『食べちゃおう』とは思ってないけど、自分にキスさせようとしてます！

「またまた。清廉潔白みたいな顔して、腹立たしいわー」

マスターは本当に嫉妬しているかのように、頬をぷうっと膨らませた。

「俺は本当にクリーンだよ。遊び中心の人間関係は、先週全部整理したから」

人間関係を整理って……。それって、この間のクラブで私を婚約者だって紹介したときのことだろうか。たしかにあれで、あの場にいた全員が、社長がクラブに来るのは最後っていう雰囲気になってた。

私はウーロン茶のグラスを傾けながら、今さらながら合点がいった。

「そんなこと言って、騙されちゃダメよ。私もずいぶん騙されたんだから」

マスターが私にささやく。

「マスターを騙すのは、俺がマスターのことを好きだから」

「またうまいこと言って」

マスターは笑って、奥の厨房へと入っていった。

「騙そうなんて考えてないよ」

社長はグラスを片手に、肘をつく。私を見て、目を細め妖艶に微笑んだ。

「さつきと遊びたいだけ」

「結構です」と思わず言いそうになる。

どれぐらいはっきり言ってもいいのだろうか。自分の雇い主に対して。

私の気持ちを読んだのか、また意味ありげに社長が笑う。

ああ、この社長の笑顔に気持ちが乱される。とにかく一刻も早く家に帰りたい。

私はウーロン茶をぐいっとあおった。ここはバーなのに、食事メニューが充実していて、次から次へとおいしそうな品が出てくる。けれど、今の私はすっかり食欲がなくなってしまっていた。なぜなら、隣にいる綺麗な遊び人が、じっとこちらを見つめてくるから、しんどいのだ。

「社長……」

「ん?」

「まだ月曜日なのに、たくさん飲んでいらっしゃいますね」

すでにロックの焼酎、三杯目に突入した社長は、顔色ひとつ変わらない。

「ほとんど毎日、接待で偉そうなオジサンたちと飲むんだ。ひとつも楽しくない。たまにこうやって飲むときは、なにも考えずに楽しみたいだろ?」

「お強いんですね」

「親譲り」

ニコッと笑った。社長は笑うと、綺麗な顔がとたんに愛くるしくなる。どういう遺伝子で、こんな顔が生まれてくるんだろう。不思議でならない。

「あ、今俺の顔に見とれただろう」

社長がいたずらっぽく笑う。

「社長って……本当に……すごく……」

社長に対して、言っていいものかどうか、迷う。

「なんだよ。そこまで言ったんだから、言えって」

「その……ご自分に自信があるというか」

「ああ、自分が好きかって?」

社長が楽しそうに笑うので、私もつられて笑みを浮かべる。

「好きっていうよりも、自分の武器を全部把握して、使うことに躊躇しないって感じかな」

社長は悪びれもせず、堂々とそう言った。

「それを胸を張って言っちゃうなんて……変わった人ですね」

ついそんなふうに言ってしまった。

「そうかな？」

「会社とのギャップがすごいです」

「若くてトップに立つと、なめられるからな」

社長がグラスを傾ける。なにかを考えるような表情をしたが、すぐもとに戻った。

「メガネ、取ったらいいのに。コンタクトにしろよ」

社長は肘をつき、私の顔を微笑みながら見つめる。

そんな顔で見つめるのは、本当に勘弁してほしい。社長のせいで、脈がどんどん速くなってしまう。私は動揺しながら目を逸らした。

「コンタクト、苦手なんです。社長は？　会社ではメガネですけど」

「ああ、あれは伊達メガネ。できる男っぽいだろ？」

社長が私の瞳をまっすぐに見つめる。

「それに、メガネって官能的なんだ」

「は？」

「まあ、さつきには、この、男の魅力はわかんないだろうけど」

社長が私のほうに身を乗り出す。私は身を引いたが、背中が壁にぶちあたった。

「そのうち、わからせる」

目の前に迫る社長の顔は、パーツすべてが完璧な形でバランスよく配置されている。

私は息をのんだ。

「はい、そこまで」

マスターが社長との間に腕を差し込んだ。

「こんな純情そうな子に、色気で迫ろうなんて、野暮な話よ」

「そんなこと考えてないって。色気は、自然に出てくるっていうか」

社長がおどけると、マスターは仕方がないというように首を振った。

「こんなんだから、お父さんに早く結婚しろって言われるのよ」

「結婚ね、まあ、そのうち」

社長がぐいっとグラスを空にする。

「マスター、同じのもうひとつ」

「親としては、早く子どもを落ち着かせたいというか」

マスターが続ける。

「親父は跡取りが欲しいだけ」

投げやりな感じでそう言った社長の横顔を見ながらふと、お兄さんがいるのに、跡取りを弟に望むものなのかしらと考えた。

その時、こちらを向いた社長と目が合った。でも、すぐに逸らされる。

考えを読まれた――そんな気がした。


夜の十一時頃、社宅に帰り着いた。

もう、寝たい。明日も早いし……。

私はあくびを噛み殺したが、隣で社長は大あくびをしている。

エレベーターを降りると、私の部屋の前まで来た。社長の部屋は私の部屋を通り過ぎた、奥の角部屋だ。

「ごちそうさまでした。おやすみなさい」

私は丁寧にお辞儀をした。

「付き合わせて悪かったな。また明日、会社で」

社長らしい言葉を口にする。

今日は、これで終わり。ほっとして、鍵を取り出そうとポケットに手を入れた瞬間、社長の腕が伸びて私の額の髪を上げた。突然のことになんの警戒もしていなかったので、動揺してよろめく。

社長がもう片方の手で私の腕を支え、それから額に軽くキスをした。

「おやすみ」と、社長が笑って言う。

胸がドキドキして、視界が揺れた。

社長は何事もなかったように、廊下を自分の部屋へと歩いていく。パーカーを着たそのうしろ姿を見ながら、私は「あのっ」と声をかけた。

社長が、廊下の途中で振り向く。

「あのっ、本当に、もう、こんなこと……やめてください」

「……どうして？」

社長が首をかしげる。

「私、いるんです」

かすれる声で必死に言った。もうこれ以上、私を振り回すのはやめてほしい。

「私、結婚の約束をした人が、いるんです」

私の婚約者

昨晩私に婚約者がいることを伝えたとき、社長は「へえ」と言っただけで、とくになんの反応もなかった。

でも普通は、婚約者がいる人にちょっかい出すなんてこと、しないよね。きっとわかってくれた。もうあんなふうに額に突然キスしてきたりはしないはず。

思い出すと、腹が立つほどドキドキしてくる。あの顔で、あんなふうにキスするなんて、本当心臓に悪い。

「長尾さん、この書類お願いしてもいいですか」

リカちゃんはキーボードに手を置きながら、申し訳なさそうな顔で言った。

「私、仕上げなくちゃいけない書類があって」

「いいよ」

本当は、社長室に入るのが嫌で仕方ないけれど。でもこれも秘書の仕事。社長も改心して、私にキスさせようなんて馬鹿なこと、やめたかもしれないよね？

私は気合いを入れて立ち上がり、社長室の扉を二回ノックした。

「入れ」

私は力強く一歩足を踏み入れた。

社長はこちらをじっと見ている。メガネの奥から、観察するみたいに私を見ている。気合いを入れたはずが、どんどん緊張が高まってきた。警戒心がムクムクと膨らんでくる。私はデスクの上の未決ボックスに書類を入れた。

「稟議書が二件上がってまいりました。吉岡《よしおか》室長の件は急ぎだそうです」

「わかった」

「あと、来週の総新《そうしん》テック会長との会食の場所は、どちらをご希望されますか」

「総新の会長は田園調布《でんえんちょうふ》に住んでいるから、高速を使って帰れる場所に。あと、和食好きだ」

「かしこまりました」

私は頭を下げる。

その瞬間、社長がすばやく手を伸ばし、私の顔からメガネを取った。

「あっ」

小さく声をあげて、目を押さえる。

「長尾、視力いくつ？」

「……〇・〇五です。あの、返していただけますでしょうか？」

「いいよ」

社長は、メガネの耳にかける部分に唇をつけて、微笑みかけた。

自分の顔が蒼白になるのがわかった。でも耳だけは熱い。

しまった、油断した！　社長に常識は通用しないって、わかってたのに……。

「あの……返して……くだ」

「だからいいって言ってるじゃないか。ほら、手を伸ばせよ」

社長は意地悪く言った。

腰が引ける。それでも言われるがままに、メガネに手を伸ばした。

すかさず、ぐっと手首を握られる。私は逃げようと後ずさったが、社長は許さなかった。ぐいっと引っ張って、膝に座らせる。

社長の香水の香りに、頭がクラクラしてきた。爽やかな香りの奥に潜む甘いムスク。上質なスーツの生地が、膝の裏にあたる。私はかろうじてデスクの端を掴んで、なんとか逃れようとした。

「……と、扉が開いてます」

小さな声で訴える。

「知ってるよ。だから静かに」

社長はわざと耳もとに話しかけた。甘く低い彼の声が鼓膜を揺らす。

「本当に、困るんです」

語調を強めて言う。このまま社長に遊ばれるなんて耐えられない。

「いつ、結婚するんだ？」

社長の温かい息が耳にかかる。

「……まだ、具体的には」

気合いを入れていたはずなのに、まるで気弱な声しか出てこない。

「へえ」

ちょっと振り向けば社長を睨みつけることだってできるけど、とてもじゃないけど顔が見られない。声だけでもう……平常心じゃいられなくなる。

「俺にキスしたくなったら、婚約解消する？」

「キスなんて……したくなりませんから」

「そんなはずはないな」

社長が頬に唇を近づけると、私は思わずぎゅっと目を閉じた。

「ほら今だって、揺れてる」

カッと顔が火照った。社長の手を振りほどくと、無我夢中で膝から飛び降り、真っ赤な顔で睨みつける。

「どっ、どうして、そんな一方的に。したくなったら『負け』だなんて、おかしいです！」

社長は椅子に背を預け、足を組み替える。

「たしかに……一方的だな。悪かった」

あれ？　すぐに謝った。意外すぎるんですけど。

社長があまりにもすんなり引き下がったので、私は肩透かしを食らってしまった。

「じゃあ、俺がさつきにキスしたくなったら、さつきの勝ちっていうのはどう？」

「は？」

「さつきが勝ったら、もうちょっかい出さないよ」

どういうこと？　意味がわからず、首をかしげる。

「じゃあ、がんばれよな。メガネを取ったほうが、勝率が上がる気がするけど、返してほしい？」

社長の言うことが全然理解できない。眉をひそめ、それからとりあえず「は、はい」とうなずいた。

社長はデスクの角に、メガネをそっと置いた。その顔は、相変わらず楽しむように笑っている。

これで話は終わり？　もうなにもされない？

「なにもしないよ」

社長が笑って言うやいなや、私はさっとメガネを掴んで、ドアへと駆け寄った。

「失礼します」

メガネをかけなおして、ぺこりと頭を下げる。そして扉を勢いよく閉めた。

振り向くと、リカちゃんの目が丸くなってる。

「どうしたんですか、長尾さん。そんなふうに扉を閉めたら、怒られちゃいますよ」

私は「そうね、ごめんなさい」と取りつくろうように笑顔を見せた。

夜八時。

洗面所の鏡に向かって立つと、ひとつにまとめていた髪をとく。ゴムの跡が不自然なウェーブをつくっていた。

「どういうこと？」

ブラシで髪をとかしながら、今日社長が言っていたことを考えた。

『俺がさつきにキスしたくなったら、さつきの勝ち』

『さつきが勝ったら、もうちょっかい出さないよ』

そもそも、どうして私が社長の遊びに付き合わなくちゃいけないの？　こんなわけのわからないゲームで勝ち負けをつけるって……意味がわからないし。

これって、いわゆるパワハラか、もしくはセクハラなんじゃないの？　でも悔しいのは、社長に顔を覗き込まれると、どうしても胸がドキドキしてしまうこと。

「あの人、自分がすごく魅力的だって、知っててやってるから、困るんだわ」

私は軽くため息をついた。

あんなふうに適度に遊んでて、自分の容姿は武器だなんてことを自信満々に言う。

加えて、自分が楽しく過ごすためだけに、秘書にちょっかいを出してくるって。

「最低」

私はプリプリ怒りながら、リビングへと戻る。

今日、社長は取引先に挨拶に行き、そのまま会社には戻ってこなかった。私はこれ幸いと早々に帰宅。きっと社長はそのままお酒を飲みに行って、帰宅は遅いだろう。

「なに食べようかなあ」

冷蔵庫の前で考える。

「冷凍ご飯がたくさんあるから、オムライスとか……」

引き出しを引っ張りながら独り言を言っていると、ピンポーンとチャイムが鳴った。

「……また？」

私はあからさまに顔をしかめた。

「お酒飲んで帰ってくるんじゃないの？　ちょっと放っておいてほしいのに」

悪態をつくが、社長を無視するわけにもいかず、玄関へ出た。

すると、そこには案の定社長の姿がある。彼は会社で着ていたスーツのまま。銀縁のメガネが、社長をすこぶる知的に見せている。

「どうされました？」

警戒しながら尋ねる。

「長尾に確認したいことがある」

「仕事の件ですか？」

「それ以外になにがあるんだ」

困った。仕事と言われては、話を聞かないわけにいかない。

「わかりました。お伺いします」

そう言うと、社長が「ここで？」と尋ねる。

私はぐっと詰まった。だって……社長を部屋に入れるなんて。

社長の瞳は完全にビジネスモードで、威圧感満載だ。たしかに社長を玄関に立たせて仕事の話をするのは、あまりにも非常識。

「気がつかず申し訳ありません。お上がりください」

私は客用スリッパを出して、リビングへと社長を案内した。

ベッドとテーブルしかない簡素な部屋。社長が部屋に入ると、なんだか違和感がある。社長の部分だけ雑誌から切り抜きして、貼りつけたみたいに見えるのだ。

「どうぞ」

私が上座に社長を促すと、社長はあぐらをかいた。

「お茶をお入れしましょうか」

「いやいい」

社長は感情のない声で言うと「座れ」と命令する。

「はい」

私は言われるがままに、社長の向かいに座った。バッグを引き寄せ、筆記用具を取り出す。手もとを見ながら「それで、ご用件は？」と尋ねた。

「ちょろいな」

社長が笑いを含んだ声で言った。

は⁉　もしかして、騙された⁉

私は勢いよく顔を上げた。つい先ほどまでの社長はどこかへ行ってしまっていた。

目の前には楽しそうな社長がいるだけ。

「え……嘘ですか？」

「さつきの部屋に入りたいってだけ」

私は唖然として、手に持ったボールペンを取り落とした。

「いくら仕事だからとはいえ、そうそう男を部屋に上げちゃダメだろ。相手が上司でもさ」

どの口がそんなことを……。私は腸《はらわた》が煮えくり返ってきた。

社長はジャケットを脱いで、ネクタイを緩める。それから腕をついて、私の困った顔を眺めた。

「腹へった。今日の夕飯、なに？」

私は両手で顔を覆った。

「どうした？」

「……どうもこうも……」

悪魔のような図々しさに、叫びたくなるのを必死にこらえる。もうどうしたらいいのかわからない。

「今日は、外食されるのかと思いましたが」

「いや、先方にまだ次の予定があって」

「……そうですか」

「そんなにがっかりするなよ。傷つくだろ」

社長はそう言って、笑った。

まっとうな方法では、通じない。この人、どうしようもない。

私は社長の目の前に正座をし、それからキッと眉を上げた。

「迷惑です」

私は唇を噛みしめ、背筋を伸ばす。社長が真面目な顔で私を見返した。

「私、結婚を約束した人がいるんです。彼にこんなこと、知られたくありません」

「……本当に結婚するのか？」

「はい」

でも、『はい』と自分で言ってから、とたんに気弱になる。私は本当にあの人と結婚するのだろうか。自分でもよくわからないのだ。

「付き合って長いのか?」

「……付き合ってはいません」

「なんだそりゃ」

社長はわけがわからないという顔をした。

「事情があるんです」

複雑な思いが込み上げて、私の顔は自然とこわばる。義務感とためらいと、認めたくない後悔が胸の中で渦巻いた。

「借金?」

「違います」

「納得いく理由だったら、ゲームやめてもいいから」

社長が真剣に言うので、私はつい「親の遺言です」と答えてしまった。

「遺言?」

社長が不可解だと言わんばかりの声を出した。

「母を早くに亡くしました。父は七宝《しっぽう》焼きの職人で、子どもは娘である私ひとり。父は、当時の一番弟子である人に技術をすべて伝え、その人と私が家庭を築くよう、言い残しました。孫に技術を伝えてほしい。長尾の名を残してほしい、と」

「付き合ってもいないのに、親の遺言で結婚？　冗談かなんかか？」

社長があきれたように言った。

「本気です！」

私は社長に隠したい本音を暴かれそうな予感がして、反発するように声を荒《あら》げた。

「そんなの律儀に守る奴、いるわけないじゃないか」

「ここにいます！　……あの人も、私も、守るつもりです」

社長が信じられないというように肩をすくめる。私はなんだか悲しくなってきて、潤んだ目を見られないよう下を向いた。

「じゃあなんで、さつきは今東京にいるんだ？　相手が決まってるなら、さっさと結婚すればいいじゃないか」

「それは……あの人が結婚前に外を見てきてもいいって、言ってくれたから」

「ふうん」

そうひと言漏らし、社長は私の目を見つめる。そんなふうにじっと見られると、すべてを見透かされてしまう気がした。

本当はもう何年も前からずっと『いつ帰ってくる？』と聞かれていることを。

本当は帰りたくなくて、いつもあの人の言葉をはぐらかしてしまうことを。

しばらくの間、気まずい沈黙が続く。社長がなにを考えているかわからない。

どうか、なにも言わず、帰って。

祈りにも似た願いを思い浮かべたとき、突然、ピリリリという私のスマホの着信音が鳴った。ハッと我に返る。社長はまだ私を見続けたままだ。

「し、失礼します」

ラグの上にあった自分のバッグから、スマホを取り出す。

『柴山昌隆《しばやままさたか》』

あの人からだ。出るかどうか迷い、社長にちらりと視線をやる。社長の前で話すのはためらわれた。

「出ろよ」

冷たい声が耳に届いた。私の心臓が一瞬にして冷える。

とっさに通話ボタンを押して、社長に背を向けた。

『もしもし？　ああ、出てくれた。よかった』

やわらかくて、温かな声。この人の声はいつも変わらない。

「ごめんなさい、折り返さなくて」

『いいんだよ。忙しいんだろうね』

私を思いやってくれているような口調だ。

「あの……今ちょっと手が離せなくて。後で必ず電話するので……」

『そうか。わかった。待ってるよ』

「ごめんなさい。じゃあ……」

そう言って、電話を切ろうとしたそのとき——。

「さつき、夕飯なにがいい？」

突然うしろから、社長の明るい声が聞こえた。

『えっ』

昌隆くんの驚いた声が、スマホから響く。びっくりして振り返ると、私の手から社長がさっとスマホを奪った。

「ちょっと！」

社長が容赦なく通話を切る。

「はい、終わり」

社長は澄ました顔で言うと、ポンとスマホを投げて返した。

「まだ話し終わってなかったんですよ！」

社長の無礼を信じられない。

「客がいるのに、電話してるから」

「そんな……」

自分で『出ろ』って言ったくせに……。どうしたらいいの、まったく。

私は手のひらの上のスマホを見つめ、深くため息をついた。

社長の父親

あの後、私の作ったオムライスを食べて、夜の十時頃に社長はやっと隣の部屋へと帰っていった。どこまで身勝手で、どこまで人を翻弄するのだろう。

昌隆くんに電話をかけなおすと、彼はどこか不安げな声をしていた。『あれは社長のいたずらだ』と言っても、合点がいかないようだった。私はひたすら謝るしかなかった。

「長尾さん、ぼーっとしてる」

リカちゃんから声をかけられて、我に返った。

昼下がりのオフィス。社長はランチミーティングで外に出ている。

「あ、ごめんなさい。考えごとしてて」

「悩みごとですか?」

「ちょっと、ね」

私は両頬をパチンと手で打った。いけない、今は仕事に集中しなきゃ。

「恋の悩みですか?」

リカちゃんが満面の笑みを見せるので、私は慌てて首を振った。

「違う違う」

「私は最近、恋の悩みがなくて悩んでます」

リカちゃんは寂しそうにうなだれた。

「この職場じゃ、出会いもないし」

「……そうよね」と彼女に話を合わせる。

「社長って、どんな恋愛するんでしょうね」

リカちゃんが社長室の扉を眺めながら言った。

「……さあ」

私は首をかしげる。内心、人を愛したことなんかないんじゃないかな、と思いながら。社長にとっては、恋愛も遊びのひとつに違いない。

「あんなに整ってるんだから、きっと女性にはモテると思うけど」

リカちゃんが続ける。

「でもきっと、踏み込ませてもらえない。そんな雰囲気です」

リカちゃんの読みはあたっているかも。踏み込ませないけれど、こっちの事情はおかまいなしにどんどん踏み込んでくる。……厄介だわ。

ばす。

するとと、秘書室の扉が開く音がした。私とリカちゃんは慌てて口を閉じ、背筋を伸

「おかえりなさいませ」

頭を下げると、社長はまっすぐ私の席へとやって来た。

「これから、なにも入ってなかったな」

「はい。ですが、四時半から佐々木《ささき》部長とのミーティングが入っております」

「じゃあ、出かけてくる。それまでには戻る」

「かしこまりました」

またしばらく社長の顔を見なくてすむと思うとほっとする。自然と笑みがこぼれそうになったが、「長尾、お前も来い」という社長の言葉で、笑みは瞬時に消え去った。

「どちらへ」

「日広の本社」

それは社長の親が経営する会社だ。

「おい、早くしろ」

部屋を出ていこうとする社長に急《せ》かされて、私は小走りについていった。スーツのうしろ姿を見ながら、頭が痛くなる予感がした。

日広本社は、銀座《ぎんざ》と日比谷《ひびや》のちょうど中間あたりにある。大きくて、昔からあるビルだ。私たちはその最上階の社長室手前のロビーにいた。白を基調とした広いフロア。大きな花が飾られて、ゆったりとしたソファが壁際に置かれている。私たちは十分ほど前から、ここで待っているのだ。

ここに着いてからというもの、社長は普段とはまた別の緊張感をまとっていて、ずっと厳しい顔をして腕を組んでいる。

「あの、社長」

「なんだ？」

「私は、どうしたらいいのでしょうか」

そう尋ねると、社長は初めて私のほうを見た。いったい私は、なんのためにここにいるのだろうか？　また婚約者のフリをしろとでも言うのだろうか。

「普通にしてろ」

「それは、秘書としてでしょうか」

「いや、婚約者として」

やっぱり……。私は思わず顔をしかめてしまう。社長はその顔を見て、気を緩めたように小さく笑った。

「親父が連れてこいって言うから」

「……そうですか」

どうしてこんなその場しのぎのことをするのだろう。付き合っている人がいないのなら、お父様にそう言えばいいのに。

「お待たせしました。こちらへどうぞ」

脚の細い綺麗な秘書に連れられて、重厚な扉の奥の社長室へと通された。

同じ空間にいるだけでビリビリするほど、社長の父親は、社長に輪をかけて恐ろしかった。

磨かれたデスクに座り、手には万年筆を持っている。ゴールドのメガネをかけ、その奥の瞳が鋭く私を見つめる。

社長をもっと男らしくしたような顔。遺伝子のつながりを感じた。

「連れてきたよ」

社長は砕けた口調で言ったが、その声には今までにない緊張が潜んでいる。

「そうか」

父親が私を頭のてっぺんからつま先まで、ゆっくりと舐めるように見た。品定めをされているような気持ちになる。

私は「初めまして」と頭を下げた。

「出身は？」

挨拶の言葉もなく、いきなり質問が飛んできた。

「愛知《あいち》県です」

「出身地じゃない。大学だ」

少し苛ついた様子でさらに先を促そうとする。

「……星山《せいざん》女子大学です」

私がそう言うと、鼻を鳴らす。

「馬鹿じゃないが、取り立てて頭がいいわけでもないな」

私はそのストレートで悪意のある物言いに驚くと同時に、なんとも言えない不快感を覚えた。

「で、年は？」

「二十八になりました」

「若くはないが、まあいいだろう」

私が思わず隣に立つ社長を見上げると、社長が静かに怒っているのが見てとれる。

「親はなにをやってる？」

「父は伝統工芸の職人でしたが、もうふたりとも他界しました」

私が言うと、父親はあからさまに顔をしかめた。

「親なしか」

「親父、そんな言い方はないだろう？」

社長の言い方はあくまで怒りを見せず、表面上は穏やかだ。

「職人なんていう、わけのわからない親がついてきても、困るからな。死んでてよかった」

私は耳を疑った。親のことをこんなふうに言われるなんて我慢できない。私は怒りを堪えようとぐっと唇を噛んだ。

「お前の仕事は、男の子どもを産むことだ。少しでも体に問題があるなら、結婚を許すことはない。すぐにうちのかかりつけの医者に予約を取れ」

父親が私を見据えながら、高圧的な物言いでそう言った。私の手がショックと怒りで震えてくる。

社長がたまらず「親父」と声を出した。

「親父、失礼すぎるよ。それに……まだ結婚は先だ」

父親の眉が上がる。

「もうこの女は二十八だぞ。すぐに枯れる」

「……そんな言い方はやめてくれ」

「なに言ってるんだ。あの女の二の舞は困るんだぞ」

ひどい。本当の婚約者でもないのに、どうしてこんなに傷つけられなきゃいけないの？

社長が私の手をぎゅっと握った。

「もう、行くよ。仕事があるんだ」

「道楽ばかりしてないで、もっと自覚を持て」

父親の声を背に、私はおぼつかない足取りで、社長に手を引かれて部屋を出た。

ショックで頭が朦朧とする中、社長と一緒にタクシーに乗った。

車に揺られながらも、あの父親の言葉が頭の中に繰り返しこだまする。

『職人なんていう、わけのわからない親がついてきても、困るからな。死んでてよかった』

『お前の仕事は、男の子どもを産むことだ』

『もうこの女は二十八だぞ。すぐに枯れる』

全身の血が猛スピードで体中を巡る。こんなに屈辱的で侮蔑的なことを言われたのは初めてだった。

「……悪かったな」

社長は私の顔を優しくいたわるように見つめ、そう言った。私はなにかしゃべろうとしたが、うまく言葉が出てこない。ただ首を激しく振るだけ。

「あそこまで、たちが悪いと思わなくて」

社長に握られた指先の震えが止まらない。本当はあの父親に、反論したかった。『ひどすぎる』『何様のつもりか』と、声高に叫びたかった。でも私は恐ろしさに身を縮めるだけ。

社長が私の体を抱き寄せた。いつもの香り。規則正しい鼓動。私はしがみつくように、思わず背中に腕を回した。

以前、強引に腕を引き寄せられたときとは違う。こちらの気持ちをくんでくれているという安心感がある。すごく心地よくて、涙が出そうになった。

「本当に申し訳なかった。父親のひどさは知っていたから、帰りには笑い話のひとつにでもなると思ったんだけれど。本当に、シャレにならなかったな」

「だ、大丈夫です」

胸に頬を埋めて、かすれた声で返す。

「……俺は一生、結婚するつもりないんだ。あの親父のいる家に、愛してる人を巻き込みたくない」

私は黙って耳を傾ける。

「でも『結婚しろ』ってうるさいから、結婚するつもりがあるということだけ見せておけばいいと。そう考えてさつきに婚約者のフリを頼んだけれど……でも結局、さつきを傷つけたな」

車が、麻布の会社へと近づく。

「もう二度と、こんな思いをさせないから」


その日は夜の九時近くになっても、社長は部屋から出てこなかった。顔を見なくてすむのはよかったが、なぜか社長と話をしてみたい気持ちにもなっていた。

あんなふうに優しく抱きしめられると、調子が狂うんだもん……。

八時五十分を過ぎたあたりから、リカちゃんがそわそわし始めた。

「用事？」

私は尋ねた。

「はい、実は今日友達と約束していて。でも大丈夫です。遅れるって連絡入れましたから」

リカちゃんは健気に笑う。

「大丈夫だよ、先に帰っても。私はとくに予定もないし。この書類も仕上げなくちゃいけないいから、まだ帰れないもの」

「でも……」

「本当に遠慮しないで。残れる人が残ればいいんだから」

私が言うと、リカちゃんの頬がやっと緩んだ。

「じゃあ、お言葉に甘えて。ありがとうございます」

リカちゃんはパソコンをシャットダウンして、帰り支度を始める。

「長尾さんに用事があるときは、遠慮しないで言ってくださいね。私残りますから」

「ありがと」

リカちゃんはスプリングコートを片手にかけると、「それじゃ、失礼します。お疲れさまでした」と頭を下げる。それからまるでスキップするかのように跳ねながら、秘書室を後にした。

リカちゃんがいなくなると、しんと静まり返った秘書室に私ひとり。副社長付きの秘書ふたりはとっくに帰ってしまっていた。

私は社長室の扉を見つめた。その奥にはなんの気配もない。

社長はなにしてるんだろう。案外、またあの人形が動く動画でも作ってたりして……。そんなことを思って、クスッと笑う。

それから腕まくりをして、再びパソコンでの作業に没頭した。


どのくらいいたったのかわからない、ガチャっと社長室の扉が開いた。そして彼は私に目を留めると、「ああ、いたのか」と言う。

「お疲れさまです」

私は軽く頭を下げた。それから作業に戻ろうとしたが、社長が依然としてこちらを見ているので「なにかご入用ですか？」と尋ねた。

「いや……」

社長は小さく首を振り、それからおもむろにリカちゃんの席に座った。

秘書の席に社長が座っている。たったそれだけなのに、どうにも落ち着かない。

キィッと椅子が軋む音がして、社長が背もたれに体を預けた。

「親父にはもう、会わなくていいように考えるから」

社長は静かにそう告げた。それってつまり……。

「婚約者のお役御免ってことでいいんですか?」

私は直球に尋ねた。それを聞いた社長は面食らったような顔をする。

「そうか……でもそれは困るな」

社長はちょっと考えるように、右上を見た。

婚約者のフリをやめれば、私への興味も少し薄れたりしないかな。

「本当に好きな人、つくらないんですか?」

私は口に出してから、自分でも驚いた。こんなふうに社長の中に踏み込む質問をしたのは、初めてだ。

社長は椅子のアームに肘をついて、こめかみに長い指を添える。

「つくると、さつきと遊べないだろ」

そう言って笑った。

なんだか胸がズシンとする……。

「遊ばなくていいですから」

私はわざと大きな声で言った。

「私にはちゃんとした婚約者がいるんですけど。それは考慮していただけないんでしょうか？」

メガネを指でちょっと持ち上げ、苛立った様子を見せる。本当は苛立ってなんかいない。どちらかというと傷ついていた。でも、私なんで傷ついてるんだろうな……。

「俺がさつきにキスしたくなったら、さつきの勝ちなんだよ」

それからリカちゃんの机にコテンと頭をのっけて、こちらを見上げる。

銀縁メガネの奥の瞳が、私を捉えた。

「忘れてる？　俺のこと誘惑していいんだよ」

なに⁉　突然なにを言い出すの！

心臓がばくばくしてきた。ビジネスモードの社長が、まるで猫が甘えるようにこちらを見上げている。

「ゆっ、誘惑なんて……」

どうしよう。こんなギャップ見せられたら、どうしていいかわかんない。

「もうゲームを終わらせたいんだろ？　さつきも努力しなよ」

頭が混乱する。このゲームを終わらせるには、社長が私にキスしたくなるように、努力しろってこと？

すると突然、秘書室の電気が消えた。

役員フロアは、節電のため夜十一時になると自動的に電気が消える。作業に没頭している間にそんな遅い時間になっていたらしい。

暗闇の中、パソコンの明かりがやけにまぶしい。

「ああ、消灯時間だ」

社長の声が、気のせいかすごく艶っぽくて私はごくんと息をのみ込んだ。私は無意識に胸を押さえる。心臓がやばい。緊急事態だ。

秘書室の中は、大きな窓から入る青白い光で埋められていた。

社長は体を起こすと、リカちゃんの椅子に座ったまま、ネクタイを人さし指で緩めて髪をくしゃくしゃっと乱した。

メガネをかけているのに、どこか隙のある社長が目の前にいる。それはまるで雑誌の一ページのようで、彼が息をしているとは信じられない。

「どうぞ」

社長が低い声で言った。

「なっ、なにがどうぞ……なんですか」

私はもうパニックだ。声が上ずり、変な汗が出てくる。

「いいよ、俺を好きにして。誘惑してよ」

耳がかあっと熱くなり、喉が詰まってくるような気がする。まるでたちの悪いウイルスに感染して、急激に熱が上がり続けているような、そんな感覚だ。

絶句する私に、社長が妖艶に笑う。

「ほら、ゲームを終わらせたいんだろ？」

あまりにも血が速く体中を駆け巡るから、フラフラしてきた。

「俺を落としたいなら、髪は下ろして。引っつめたのも好きだけれど、髪を俺の指で梳けるほうがゾクッとくる」

私は固まって動けない。

これは今、髪をとけってことなの？

「ほら」と、急かすように社長が言う。

私は社長に抗《あらが》えず、震える手で髪を留めていたゴムをはずした。ふわっと肩に髪がかかる。

社長は少し首をかしげて「いいね」と言った。

それから社長が「こっちへきて」と指で招く。

夢なのか現実なのか、よくわからない。ぼんやりする頭で、言われるがままに社長の前に立った。私を見上げる社長の顔が満足そうに笑う。

「メガネがアンバランスで、案外いいな。俺をちゃんと見てるのもいい」

それから「ネクタイ、取っていいよ」と言った。

「ね、ネクタイ?」

「そう」

社長の長い指が、少し緩んでいたネクタイの首もとを引っ張る。

「ここに指を入れて、緩めて」

「……はい」

なぜか拒否できないような気持ちになってくる。いつだって止められるはずなのに、催眠術にかかったように社長の言う通りにしてしまう。

私はそっとネクタイに触れた。言われるがままにネクタイを緩める。

「ボタンも」

社長が言った。

「ボタンもはずして」

鼓膜に社長のかすれた声と自分の鼓動が振動している。

私は恐る恐る白い小さなボタンをはずした。

ひとつ、ふたつ……。

社長の肌が私の指先に触れた。私は瞬間的にパッと手を離したが、ぐいっと社長に手首を掴まれた。

「逃げるの？」

強く引きつけられ、その勢いで社長の座る椅子に片膝がのり、私は社長の足の間に入り込む形になってしまった。

「チャンスなのに？」

社長がさらに腕を強く引っ張って、自分の顔を寄せる。私はバランスが取れなくて、とっさに社長の肩に手を置いた。

社長の息が感じられるほど、近くに顔がある。さっきは実在しているとは思えなかった人が、今は温かな呼気を持って、たしかに生きている男性なのだと実感できた。

社長が私の髪を梳き、指に絡める。

まるで操られているように、私の顔が社長に近づく。目の前に見える鎖骨と、首筋のライン。

「誘惑して」

社長の言葉がこだまする。

「してもいいよ、俺にキス」

キス？　誘惑のキス？

私はぼんやりと社長の顔を見た。その魅力的な唇に視線が吸い寄せられる。操られるように引き寄せられて、そのまま……。

「キス……」

思わずつぶやいて、そこでハッとした。

「キスって、社長が勝つってことですよ！」

そう叫ぶと、社長がぶはっと噴き出した。それまで彼をまとっていた妖艶な雰囲気が一瞬にして消滅する。

「気づかれた！」

お腹を抱えて笑う。私は楽しそうな社長を目の前に、猛然と腹が立ってきた。

「社長！『誘惑して』って言っといて、社長が私を誘惑してたんですね！」

「あたり」

社長はにんまり笑って、椅子から立ち上がった。

「でもいいんだよ、ゲームを終わらせたかったら俺にキスしたって」

ムカムカがあふれてくる。

「嫌です！　死んでも嫌！」

　私は力いっぱい叫んだ。


「疲れた」

　私はバッグをベッドに投げると、その横にどさっとうつ伏せで倒れた。

　社長はあの後も楽しくてたまらないという顔で、怒り続ける私を部屋まで送ってくれた。それにしても今日はいろいろありすぎた。昼間は社長の父親の毒気にあてられ、夜は社長の色気にあてられた。

「日広からの帰り、抱きしめてくれたのうれしかったのに」

　ふとそんな言葉が口をついて出て、私は驚く。

　社長が私を思いやってくれたのが、うれしかったんだ、私。

　社長の父親に会って、初めて社長に少し同情した。あんな強い父親のもとで育ったら、ひねくれて外に飛び出したくなるのもわかる気がする。父親に歯向かって、離れたところで成功した社長は、本当に優秀な人なのかもしれない。普通ならのみ込まれて、出てこられなくなる。

「それなのに、なんなのよ！」

私を思いやってくれるどころか、催眠術をかけるみたいに操って誘惑して、揚げ句にキスさせようなんて！　やっぱり最低だ。あの瞬間、それが当然のことのように、キスしそうになった。社長にキスしたいって……。

「いや、断固違う！」

私はこぶしをドンとベッドに叩きつける。

あんなことされたら、誰だってキスしたくなる。誘惑してなんて言われたら……。

またあの光景が頭によみがえって、鼓動が速くなる。

社長のペースに巻き込まれちゃダメ。それこそ、もとの自分には戻れない。

遺言通りに結婚しようとしている、今の自分に。

『あの女の二の舞はごめんだ』

ふと、彼の父親の言葉がよみがえった。

あの女？　かつて、父親に紹介した女性がいたんだろうか……。

ドキドキしていた心臓に、じわりと痛みが広がる。私は「違う違う」とつぶやき、そのまま顔を布団に押しつけた。

父の遺言

その翌日、私は社長とふたりきりにならないように気をつけた。油断も隙もありはしない。突然仕掛けてこられても心臓に悪いだけだ。

今日、社長は夕方から外で会議があった。秘書は先に帰っていいということだったので、私は一目散に自宅へ帰ってきた。

もし万が一、玄関がピンポーンと鳴っても無視しよう。社長だからといって会社の外でも丁寧に対応しようとすると、遠慮なくずかずかとこちらに入ってくる。手に負えない。

私はそう自分を奮い立たせながら、キッチンに向かった。グラスにオレンジジュースをなみなみとついで、一気に飲み干す。その時ピンポーン、と下のエントランスの呼び出し音が鳴った。

エントランスだから、社長じゃないよね。じゃあ、いったい誰？

私はグラスをシンクの中に置き、テレビ付きのインターホンの通話ボタンを押した。

それから「あっ」と声をあげる。

『さつきちゃん、久しぶりです』

インターホンのテレビに映っていたのは、愛知の工房にいるはずの昌隆くんだった。

「昌隆くん……どうして」

私は動揺した。

『心配になって』

少しうつむき、突然の訪問を詫びているような顔。

「あ、今、開けますね」

慌てて、解錠ボタンを押す。

東京に出てくる前の、あの夜のことがよみがえった。私は冷静にと思いながら、深呼吸を繰り返す。

大丈夫。私はあの人と結婚するのだから。

玄関の呼び出しが鳴る前に、扉を開けて廊下に出る。

エレベーターの動く音。扉が開き……昌隆くんの姿が現れた。

「さつきちゃん」

人のよさそうな顔に笑顔を浮かべて、右手を上げる。

私も小さく手を上げる。それから驚いて固まった。

昌隆くんのうしろから、社長が冷たい目でこちらを見ていたのだ。どうやら同じエレベーターだったらしい。

私は上げた手をそっと下ろして、これから起こるであろうトラブルを想像して冷や汗をかいた。

「お、おかえりなさいませ」

社長に向かって頭を下げた。

「ああ」

社長が言うと昌隆くんが驚いて振り返り、社長の顔を見上げる。

「社長、あの、実家でお世話になっている……柴山さんです」

「そうか」

抑揚のない受け答え。なにを考えているのだろう。肝が冷える。

「昌隆くん、この方は今勤めている会社の社長で……お隣に住んでいらっしゃって……」

昌隆くんが面食らったような顔をする。それから「長尾がお世話になっております」と頭を下げた。

「じゃ、じゃあ」

私は昌隆くんの背中を押すように、玄関の中へ入れる。社長がなにか仕掛けてくる前に、視界から消えよう。

「失礼します」

頭を下げて、扉を閉める。それから安堵のため息をついた。

「さつきちゃん?」

玄関で昌隆くんがいぶかるような顔をして、私の名前を呼ぶ。

「ご、ごめんなさい。慌てちゃって。どうぞ上がって」

私は昌隆くんをリビングへと促した。

社長、なにも言ってこなかった。安堵とともに、一抹の寂しさ。

なんだろう、これ。邪魔されなくて、よかったはずなのに。

私は漠然とした不安を胸の奥に押し込めて、昌隆くんにお茶の用意を始めた。

昌隆くんは、先日社長が座っていたところと同じ場所にあぐらをかき、落ち着かなそうに膝を揺らす。

少しクセのある髪に、職人らしい細い体の線。どこかあどけなくかわいらしい顔つきで、高校時代にはかなりモテていた。白いシャツにスラックスという地味な出で立ちでも、ちょっと目を引くルックスのよさだ。

「あの人が、この間電話を切った人？」

熱いお茶を入れたマグカップを目の前に置くとすぐ、昌隆くんは尋ねてきた。

「そうです」

「あの人、この家に上がる？」

「この間は、たまたま……」

私はうつむく。昌隆くんが不安に思ってる。私は申し訳ない気持ちでいっぱいになった。

「あの社長、さつきちゃんが好きなのかな……」

昌隆くんがつぶやいたので、私は「そんなことないから」と語気を強めた。

「あの人は、おもしろがってるだけ」

「……そうか」

昌隆くんは、言葉とは相反して納得していないように首を軽くかしげた。

しばらくの沈黙。

私は両手でマグカップを持って、昌隆くんがしゃべりだすのを待つ。昌隆くんは少し迷うような顔をし、それから思いきった様子で口を開いた。

「……さつきちゃん」

「はい」

「今年、師匠の七回忌だ」

「……うん」

「俺は今年、師匠との約束を守りたい」

とうとう、この日が来てしまった……。

「さつきちゃんと結婚したいってこと」

「わかってるから……大丈夫」

本当は大丈夫じゃない。ずっと先延ばしにしてきたけれど、今回はきっと無理だ。

「俺は今まで、さつきちゃんの意思を尊重してきた。大学卒業したら。少し働いたら。お金を貯めたら。『いつ帰る?』って聞いても、返事を濁すばかりで……」

「ごめんなさい」

手を膝の上で握りしめる。

「俺は、師匠との約束がなくたって、さつきちゃんと結婚したいんだ。あの夜が幻だったなんて思いたくない」

私は昌隆くんの言葉を受け入れなくてはいけない。そうやってこの何年か、自分を必死に抑えてきた。周りを見ず、誰かに恋などせず、静かに家庭に入るために。

『帰る』と言えばいい。たったひと言。でも……。

そこにチャイムが鳴って、ふたりの間に流れる重い空気が弾けた。

とっさに私たちは玄関のほうを見る。

「ちょっと……ごめんなさい」

私は当惑する昌隆くんを置いて、玄関に走った。社長が訪ねてきても無視するつもりだったのに。どうして私は今、玄関を開けようとしてるの？

「まだあいつ、いる？」

そこには、着替えをすませた社長が立っていた。

「……はい」

なぜか救われたような気持ちになる。

「あいつ、今日、ここに泊まるのか？」

「……わかりません」

私を見つめる瞳に心を読まれている。

「挨拶しておく」

社長は私に断りなく、部屋に上がり込む。そしてリビングに入ってくると、昌隆くんの隣に腰を下ろした。

昌隆くんはなぜ社長がこの部屋にいるのか理解できないようで、しきりに私と社長の顔を見比べている。

「あの……」と昌隆くんがおずおずと話しだす。

「なんだ?」

「よく、この部屋にいらっしゃるんですか?」

「秘書だから」

社長はさも当然という顔で言う。私はなにを言いだすかわからずハラハラした。

「君が、彼女の婚約者?」

社長がテーブルに肘をつき、ちらっと視線を昌隆くんに送る。

「はい」

昌隆くんが少しほっとしたような声を出した。

「彼女のこと、好きなのか?」

「はい」

力を込めて昌隆くんが言う。

「じゃあなんで今まで、彼女を放っておいた?」

昌隆くんは社長の問いかけに目を見開き、痛いところを突かれたという表情をした。

それから「放っておいたわけじゃ……」と言いよどむ。

「心配だろう？　自分の婚約者が東京でひとり働いてるなんて」

「心配でしたが、彼女がそう望んだので」

そう言って昌隆くんが下を向く。

「じゃあ、長尾が帰りたくなかったってことだな。それを君もわかってる」

核心をズバッと突かれ、私の額に汗が滲《にじ》む。これ以上、彼になにを言う気だろうか。

「そうかも、しれません」

昌隆くんは素直にうなずいた。

「で、電話越しに俺の声が聞こえたから、慌てて迎えに来た、と」

社長が私に目を向ける。

「ふうん、そっか。遺言を守って結婚しようだなんて、最近では珍しく律儀だな」

「……はあ」

昌隆くんはわけがわからず、曖昧にうなずくしかできない。

「でも、長尾を連れていかれると、困るんだ」

社長がそう断言した。

「長尾のおかげで、ここ最近の俺は楽しくて仕方がない。だから、長尾が『結婚したくない』と言っても、無理に連れていかないでくれ」

「それは……さつきさんとお付き合いされている、ってことでしょうか」

昌隆くんは恐る恐る声に出す。

「付き合ってないよ。俺は、誰とも付き合わない。でも長尾は必要」

昌隆くんが「は？」と声に出す。

私は社長の言うことを完璧に理解できるし、納得もできる。社長が誰かと本気で関係を築くことなんてないのだ。理解できているけど、ショックを受けている、そんな自分が信じられない。

「まあ返事は、長尾次第だろうけど」

社長はそれだけ言うと、立ち上がった。

「社長？」

社長がなにをしに来たのか、イマイチわからない。

「長尾、明日はいつもより早く会社に来い」

「は、はい」

「だから、君はもう帰ったほうがいい。ホテルは取ってあるだろう？」

言われた昌隆くんは、気圧《けお》されたようにうなずいた。

「じゃあ、エントランスまで送ろう」

社長はそう言って、昌隆くんを玄関へと促した。

「明日の夜、また話をしよう」

エントランスで昌隆くんが私に言うと、「部外者の社宅への立ち入りは禁止なんだ」と社長が言葉をかぶせた。

「あ、そうでしたか。すみません。じゃあ、外で」

昌隆くんは首をすくめる。

木製の自動扉が開くと、緑の香りと排気ガスが混じる風が流れ込む。昌隆くんは不安そうな顔を隠そうともせず、「失礼します」と言って夜道に踏み出していった。

私は胸がつぶれそうだった。とっさに昌隆くんに駆け寄ろうとしたが、社長の手が私の腕をぐっと掴んで、引き止める。

「帰るぞ」

社長はそう言うと、私の腕を引っ張りエレベーターに乗せる。なぜか社長は不機嫌そうで、私は地雷を踏まないようにだんまりを決め込んだ。エレベーターの音だけが響く。蛍光灯の白い光がやけにまぶしく感じた。

実家へ帰らなきゃいけない。覚悟はできていると思っていたが、そうでもなかったようだ。心は乱れ、昌隆くんに対して申し訳ない気持ちばかりがあふれてくる。

「馬鹿みたいだ」

社長が言い捨てる。

「……なにがでしょうか」

馬鹿とはなにに対してだろうか。私は慎重に尋ねた。

「遺言のために、好きでもない男と結婚するなんて、馬鹿みたいだろう?」

ブルーの長袖シャツに、グレーのデニム。ポケットに手を入れて、社長は鼻で笑うように言った。

「社長にとっては、そうかもしれません」

もやもやしながら、そう返した。

「かわいそうな奴だ」

頭の中のなにかが切れて、ブワッと涙があふれてきた。

「社長には関係ありません！」

感情を抑えきれず、声を荒らげる。

ポーンと音が鳴って、エレベーターのドアが開いた。思わず廊下に走り出たが、社長に腕を掴まれ、私は涙目で社長を睨んだ。

「ずかずかと私の人生に踏み込んできて。いい加減にしてください！」

手を振りほどこうとしてバランスを崩したところを、社長の腕がとっさに支えた。

「あいつと、キスできるのか⁉」

社長が怒鳴った。

「できます！ っていうか、しました！」

社長の体躯からは想像もできないくらいの激しい力で、私の腕が引っ張り上げられる。そのまま勢いよく、廊下の壁に背中を打ちつけた。

衝撃で目の前が一瞬ぐらつく。彼の両手が私の頬を強く挟む。振りほどこうとしたが、びくともしない。

「俺とはしたくないけど、あいつとはできるんだ」

「は、離して……ください」

瞳が冷たく光っているのが見えた。

怒ってる。社長の顔が近づいて、唇が触れそうになった。

「やだ」

私が涙声で抵抗すると、社長が薄く笑う。社長の温かな呼気が私の唇にかかった。

「そんなに、負けたくない？」

「そういうことじゃ……ありません」

「じゃあ、なんだよ」

社長がしゃべるたびに、触れそうになる唇。私の頭はパニックで朦朧としている。

「遊びのキスは、嫌なんです……」

社長の手が緩む。

「遊びでなんて、できません。私は社長とは違います」

社長を見上げると、意表を突かれたような顔をしている。

「私にキスしたくなったら、負けだっておっしゃいましたよね。私は秘書だから、社長は負けるゲームはしないって知っています。……社長は絶対に、心を渡さない。そんなの……」

私は今感じている気持ちが唇の隙間から漏れ出ぬように、閉じた唇にぐっと力を込める。

「私で遊ばないでください」

私はそう言うと、社長の手を払って部屋へと駆け込んだ。

玄関で座り込み、両手で顔を覆う。

ほんの少し身を寄せれば、唇が触れていた。胸が壊れたみたいに激しく動いている。

あんな魅力的な人に抵抗するなんて、無理だったんだ。だって、このまま唇が触れたらいいって、思ったもの。

キスしてほしいって、思ったもの。

ふたりの壊れたメガネ

「メガネ、買ってきてくれるか」

あの社長が、気だるそうにそう言った。会社でこんな姿を見せるのは初めてだ。

「視力の検査は……？」

戸惑うリカちゃんが尋ねる。

「必要ない。これ、伊達だから」

そっけなく言うと、社長室へと入っていく。

「かしこまりました」

リカちゃんは、デスクにポンと置かれた無残なメガネを見つめながら、頭を下げた。

社長室の扉が閉まると、リカちゃんが「どうしたんでしょう」と小声で話しかけてきた。

「……そう、ね」

私は腫れ上がった目を隠すように、うつむきながら返事をした。

リカちゃんが不思議そうに私の顔を見る。私はいっそう下を向いた。

社長は私の顔を一度も見なかった。少しは後悔してるのだろうか。

昨日『早く出社しろ』と言いながら、社長はギリギリに出社してきた。昌隆くんを追い払いたかっただけなのだろうか。

社長は遊びのくせに、本気で私の人生を変えようとしている。やりきれない。

「どうしたんでしょうね、このメガネ。まるでどこかに投げつけたみたいに、ぐしゃってなってる」

リカちゃんがメガネを手に取り眺める。

「それにしても、あんな投げやりな感じの社長、初めてです。いつもの、ピリッとした冷たい感じがなくて……メガネひとつでキャラ変えてるとか？」

リカちゃんが口を手で覆って、笑いをこらえるフリをした。

本当に彼女は勘がいい。今日は、プライベートの社長が顔を覗かせていた。

メガネが壊れたから？　それとも昨日のせいで？

唇に感じる熱い気配を思い出す。空気が揺れて、今にも触れてしまいそうになった。

私は大きくため息をついた。

そこに秘書室の扉が開く音がする。

「社長、いる？」

永井《ながい》専務が扉から首を出し、小声で尋ねる。

「はい」

私はうなずいた。

専務は、怒られる前からすでに怒られているみたいな、そんな雰囲気だ。身を縮めて、おどおどしている。

「今日、機嫌はいい？」

「……少し、お疲れのようですが……」

リカちゃんがうまく取りつくろう。

「話せるか、ちょっと聞いてみて」

専務が言うので、私は社長に内線をかける。

「永井専務がお見えで、今少しお時間をいただきたいと、おっしゃっていますが」

「……ああ、通せ」

ぶっきらぼうな声が受話器から聞こえた。

私は受話器を置いて「大丈夫だそうです」と専務に伝える。

専務は背筋を伸ばして、ネクタイをなおす。それから「失礼します」と言って、社長室に入っていった。

「永井専務、なにしちゃったんでしょう」

リカちゃんが社長室を見ながら、恐れおののく。

「先日、永井専務と社長が、リビテックの人と会ってたけれど……それかしら」

「ああ、海外での著作権の件ですね」

「失敗したなら、永井専務の命はありませんね」

リカちゃんが冗談めかして言った。でもそうなら、冗談抜きで、まずいことになる。

十分ほどたって、社長室の扉が開いた。

専務は、顔面蒼白だ。続いてうしろから、厳しい顔の社長が出てきた。

「リビテックの鳥居《とりい》部長に今日中のアポを取れ」

「かしこまりました」

リカちゃんがさっと電話を手に取る。

「永井、お前はすぐに新しいプランを用意しろ」

専務が小さく「はい」と答える。

「社長、先方は夕方五時なら大丈夫とのことですが」

リカちゃんが受話器を手に持ち、尋ねる。

「その時間は、創《そう》エージェントカンパニーの後藤《ごとう》様とのお約束が入っております」

私が口を挟んだ。

「リビテックのほうが重要だろ、優先順位もわからないのか⁉」

その突然の怒声に私の体がビクッとなった。私は目を見開き、顔を真っ赤にする専務を見る。

「比べ物にならないんだよ、創エージェントのほうはなんとかしろっ！」

専務の怒鳴り声に、私は思わず「申し訳ございません」と頭を下げる。

「永井」

そこに冷たい声が響く。秘書室がシンと静まり返った。副社長付きの秘書たちも、息を潜めているのがわかる。

「篠山、鳥居部長に五時に伺うと伝えてくれ」

「かしこまりました」

リカちゃんの電話が終わると、再び静寂が訪れる。専務は怯えた小動物のように、社長の横で身を小さくしていた。

私は緊張しながら社長に目を移す。瞳の奥に静かに燃える光が見えた。

「永井、会社を辞めたいのか？」

ひやっとした空気が、社長から流れ出る。

「も、申し訳ございません」

「長尾は秘書としての仕事をしただけだ。お前は自分の仕事ができず、ここでわめいている。どちらが会社に必要か、一目瞭然だ」

みな、息を殺して社長の様子をうかがう。専務は額に大きな玉の汗を浮かべていた。

「今すぐ辞表を持ってくるか、新しいプランを練りなおして持ってくるか、どちらかにしろ」

「はい」

専務は、『はい』と答えたものの軽くパニックになっているようで、どうしたら社長の許しを得られるのか、すぐに判断できないようだ。その場でぐずぐずしている。

社長は冷たく専務を一瞥すると、「出ていけ」と静かに命令した。

「はいっ」

専務は逃げるように、秘書室を後にした。

秘書たちは固唾をのんで、社長を見守る。誰もが一様に、彼に早く社長室へ入ってほしいと願っていた。

社長は周りを見回すと、軽く微笑む。

私は驚いた。みんなの前で笑ったのは、おそらく初めてだ。

「悪かったな」

社長はそう言うと、私の頭をポンとなでる。それから、社長室へと消えていった。

姿が見えなくなると、秘書室の空気がとたんに緩む。みんな目を丸くして、今起きた出来事を信じられないというように顔を見合わせた。

「社長……素敵」

リカちゃんがうっとりした目で、社長室の扉を見つめる。

「もう、メガネ、ずっとなくていいですよね。あの顔で、笑いかけられたい」

私はなでられた頭を触る。ときめいてはいけないと思うと、余計に彼の仕草や言葉、表情に心が揺れた。

ダメなのに。社長は私で遊んでいるだけなんだから。こんなふうに思ったら、ダメなのに。

私はスカートをぎゅっと握りしめた。


その夜、私は昌隆くんと恵比寿《えびす》で待ち合わせをしていた。

『話し合おう』と言われたけれど、結局のところ私が「田舎に帰る」と言えば、すべてが解決する。そもそも昌隆くんと結婚するという条件のもと、東京で働きだしたわけだし、それに……。

余命わずかだった頃の父親の姿を思い出す。

真っ白な病院のベッドに横たわり、少しふっくらしていた体は、見る影もなくやせ細っていた。癌を患ってからの父親はあっという間に弱っていき、父親も、そして私も、現実を直視することができなかった。

工芸職人だった父親は、病に倒れる前からずっと自分の血縁者に技術を伝えたがっていた。私はその期待を知りながらも、東京の大学に通うことを押し通したのだった。

〝その時がきたら、なるようになる〟

そんな楽天的な気持ちと、若さからくる未来への無頓着さが私の背中を押した。

でも思いのほか早く、〝その時〟は訪れた。それは、あまりにも突然のことだった。

『さつきが、この職に興味がないということはわかってる。でも、長尾の名が工房からなくなるのが、心残りなんだ』

震える声で、父親が言った。

『お前さえよければ、弟子の昌隆くんと結婚してくれ。そして、孫を産んで、工房を継がせてくれ。工房は、お父さんの、大切な……場所なんだ』

東京の大学へ進学するときも、反対しなかった父親が、死に際にそう願ったのだ。

私はとっさに『はい』と答えた。

その時の、父親の安堵したような顔。痩せて頬が削げ落ち、眼窩《がんか》が落ちくぼんでいるそんな父親が幸せそうに微笑んだ。

そんな父親との約束をたがえるわけにいかない。

待ち合わせ場所へ向かう間、私は自分を納得させようとあれこれ思いを巡らせた。


「都会は、騒々しいね」

隣を並んで歩く昌隆くんが言った。

「そうね……実家近くとは全然違います」

実家の近くは真っ暗で、単線の列車が一時間に一本通るのみだ。

「ここにしましょうか」

私は路地を入ったところの、小さな居酒屋を指差した。

店に入ると、一番奥のテーブルに着き、ビールをふたつ注文する。世間話をするには、お互いがあまりにも打ち解けていない。私はおしぼりを触りながら、気まずい空気に耐えていた。

「夜、出歩くことなんてないから、新鮮だな」

昌隆くんが物珍しいといった様子で、店内に視線をさまよわせながら言った。

「近所にはなにもないし」

そこで私は懐かしさに思わず笑みを浮かべた。

「本当に、娯楽がなんにもないところですものね」

「東京みたいに楽しいところで過ごした後では、あそこはあまりにも寂しすぎるかな」

昌隆くんはおずおずという感じで言った。

「いえ……田舎にしかないよさもありますから」

私は言葉を濁した。

「いつまで、東京に？」

「本当は、さつきちゃんを説得するまでって思ってたけど……それだと長くかかりすぎるかもしれない」

「……ごめんなさい」

私はうつむいた。今はただ謝ることしかできなかった。

テーブルに運ばれたジョッキに昌隆くんが口をつけると、私もひと口飲んだ。

「さつきちゃんがためらっているのは、社長さんのせい？」

昌隆くんが尋ねてきたので、私は首を振る。昌隆くんの視線が痛い。

「ずっと……さつきちゃんは結婚を迷っているんだろうなって思ってた。恋愛結婚じゃないから、ピンとこないんだろうと。でも、結婚を延ばし延ばしにしていても、さつきちゃんの中で『結婚する』っていう気持ちがあるように見えた。だから僕は離れていても、どこか安心していたんだ。でも今回は……」

昌隆くんが不安そうに揺れる瞳で私を見つめる。

「さつきちゃんを東京に置いたままでいいのかと、本気でためらってる」

その言葉に私の胸がズキンと痛む。

「そろそろ、決めたい。僕も、さつきちゃんも、このままだとどこにも行けない。ずっとこの約束に縛られたままだ。僕はずっとさつきちゃんが好きだったから、結婚の約束をしたときうれしかった。きっと幸せにするって、そう思ったよ。今も思ってるんだ」

昌隆くんが照れたように笑う。そして――。

「結婚しよう」

きっと、この人と結婚すれば、幸せな人生を送れるに違いない。父親との約束も守れて、うしろめたい気持ちにもならない。この人を好きだと思えたのなら、どんなによかっただろう。でも……。

「もちろん、返事は今すぐじゃなくてもいい。でも滞在期間は、最長でもあと二日。これ以上休んだら、生活が苦しくなるから」

「わかりました」

私は静かにうなずいた。

この人と結婚する。父親との約束を守る。これ以外の選択肢はないのに、なぜ素直に「はい」と返事できないのだろう。


昌隆くんに社宅マンション前まで送ってもらった。目黒の一等地に建つ、中規模マンション。エントランスの木々は手入れされていて、かなり高収入であろう独身者たちが住まう高級物件。

「俺の暮らしとは、ずいぶん違うな」

マンションを見上げて、昌隆くんがつぶやく。

「社宅じゃなければ、私もこんなところ、住めません」

私はそう言った。

「あの社長、ずいぶんお金持ちなんだろうな」

「そうですね。このマンション、一棟全部を所有してるみたいですよ」

「ほんと？　うわ、規模が違うな……」

昌隆くんが肩を落とす。

「俺とは全然違う」

私は思わず昌隆くんの手を握った。

「でも、お父さんの仕事を、継いでくれました。工房がなくならなくて、すごく……うれしかった」

「さつきちゃん……」

昌隆くんに見つめられる。

あ、キスされる。

昌隆くんが顔を寄せてきたので、私は戸惑った。

彼にキス、されたほうがいい。彼のものだって、自覚したほうがいい。でも、キスしたくないって心の奥で思っているのはなぜ？

すると突然、腕を勢いよく引っ張られた。

「マンション前で、なにやってんだよ」

見上げると、社長の不機嫌な顔がそこにあった。

「あ、すみません」

昌隆くんが一歩うしろに下がる。

「遊びのキスはしないとかなんとか、言ってたくせに」

「……しませんよ」

気まずさでいっぱいになりながらも、目を逸らさぬようがんばる。社長は、少し考えるように眉を寄せた。

「君も……」

社長が昌隆くんを見る。

「なんの保証もないのに、彼女をよく東京に行かせたな。約束なんか忘れて、好きにやったらいいのに」

そう言って社長は腕を組んだ。

「……お言葉ですが」

昌隆くんがキッと顔を上げる。

「雇い主というだけで、彼女のプライベートにまで口を出す権利はないと思います」

「口は出してないって。自由にしたらいい」

社長の口がへの字に曲がる。

「そうでしょうか？　変に僕をけん制している」

社長が肩をすくめて言う。

「俺の遊び相手みたいなもんなんだ。もってかれちゃ寂しいだろう?」

社長の言葉にカッとなった昌隆くんがこぶしを振り上げた。

「だ、だめっ」

私はとっさに昌隆くんの懐に入って、社長に殴りかかるのを止める。

「なんだよ、この人? さつきちゃんのこと……」

社長が彼を挑発するように笑う。

「すぐ暴力に訴える。ガキの恋愛みたいだな。どうせキスするかしないかで、騒いでるたちなんだろう?」

「キスだけじゃありません!」

昌隆くんが大声で叫んだ。

私の脳裏にあの記憶が瞬いて、「あっ」と小さな声を出す。

「彼女が東京に行く前夜、身も心も全部僕に預けてくれました。だから僕は……」

昌隆くんが口をつぐんだ。

気づくと、社長が昌隆の胸ぐらを掴んでいた。

「社長っ!」

私は社長らしからぬ衝動的な行動に驚いて、思わず悲鳴をあげた。

「殴ればいいじゃないか？　悔しいんだろ？」

昌隆くんが顔を真っ赤にして怒鳴る。

「彼女はお前の遊び相手なんかじゃない。もうとっくに俺のものなんだ！」

社長は昌隆くんの顎を思いきり殴りつけた。エントランスの石の床に、すごい音を立てて昌隆くんが叩きつけられる。

「昌隆くんっ」

私は倒れた昌隆くんに走り寄った。

「だ、大丈夫だよ」

昌隆くんが体を起こして、唇の血をぬぐう。

社長に目をやると、殴ったことが信じられないというように、自身のこぶしを見ている。社長がこんなに動揺しているの、初めて見た……。

昌隆くんは社長を見上げ、軽く笑った。それはまるで社長の心は全部わかっているというような表情だ。

「社長、ひどすぎます。謝ってください」

私は立ち尽くす社長を、声高に非難した。けれど心の中では、こんなふうに暴力に出る社長が信じられない。取り乱したり、動揺したりする人じゃないはずなのに。なにが起こったの？

社長は私と目が合うと、まるで叱られた子どものようにぷいっと横を向いた。私はその子どもじみた態度にも驚いた。あまりにもいつもの社長とかけ離れている。

「俺、帰るよ」

昌隆くんがゆっくりと立ち上がる。

「ねえ、病院に……」

「大丈夫。それほど痛くなかった。あの人、殴り慣れてないよ」

昌隆くんは痛む顎を押さえながら、嘲笑した。

私は昌隆くんが心配で、駅まで送ると申し出ると、

「いい、タクシー拾うから。それにちょっと……ひとりでいろいろ気持ちを整理したい」

昌隆くんはかたくなにそう言った。

「ちゃんと返事するから」

私は昌隆くんの手を取る。

「じゃあ、また」

昌隆くんは顎に手をやって顔をしかめると、道路へと歩きだした。

私は空車のタクシーに手を上げる昌隆くんの背中を見つめながら、背後から感じる社長の視線を気にしていた。

先ほどの見たこともない社長の姿が、フラッシュバックのようによみがえる。

どうして昌隆くんを殴ったの？　どうしてあんな顔したの？　そんなに遊び相手を取られるのが、嫌だったの？　それとも……。

そこですぐに自己嫌悪に陥る。

今、私が気にかけなくちゃいけないのは、殴られた昌隆くんだ。私のワガママで待たせ続けた婚約者だ。

それなのに私は今、社長のことばかり考えている。

私はパッと振り返ると、社長の脇を駆け抜けて、マンションの中へ入った。

「おい」

社長の手が伸びた気がしたが、すんでのところで逃れた。そのまま全速力で走り抜ける。

社長を振りきりたい。社長からのがれたい。頭の中から追い出したい。

社長が追ってくる気配がして、私は必死でスピードを上げる。エレベーターのボタンを連打したが、まだ六階を通過中だ。これでは追いつかれてしまう。

私は方向転換して、外階段へと走りだした。

春の空気を胸いっぱいに吸い込む。階段を駆け上がるのは予想以上にきつくて、肩で息をした。はあはあと息を切らしてやっと三階の踊り場にたどり着いたけれど、とうとう背後から袖をぐいっと掴まれた。

「やだっ」

私はわめいて暴れたが、社長は握る手にいっそう力を込める。そのまま強く抱き寄せられた。衝撃でメガネが跳ね飛ばされる。

「……離してくださいっ」

私はむちゃくちゃに暴れた。呼吸が上がる。心臓が跳ねる。

社長のいつもの香りに包まれると、どうしようもなく胸が高鳴るのを意識した。

「無理」

社長の低い声が、耳もとに響く。

ジンと体の芯が疼くような気がして、私はさらにパニックになった。このままでいたら、社長に心を捕らわれてしまって、昌隆くんのもとに帰ることができなくなる。

「もう……ほんとに……どうして」

強く抱かれた胸の中で、私は混乱してつぶやいた。

「お前、なんで好きでもない奴に抱かれたりするんだよ？」

社長のちょっと苛立った声。

「……ほっといてください」

私の心が折れそうだ。急激に力が抜けていく。

「さつきはそんなタイプじゃないだろう？」

「社長には関係ありません……」

そう言うと、ちょっと間が空く。

「俺の秘書だし」

この人は秘書のプライベートにも口を出す、そんな人だった？　どうしてそんなに、このゲームに……私に固執するんだろう。

「……変ですよ。社長、変です」

そう言わずにはいられなかった。

「……そうか？」

私の耳もとに社長の唇があるのかと思うと、その声に痺れてくる。

私も、どんどんおかしくなってる。どうしよう、もう……。

社長の腕がいっそう力を込めて、まるで愛おしいとでもいうように私を抱きしめた。

やめてほしい。そんなふうにされたら、勘違いしてしまう。

けれどその抱擁に、つい口を開いた。

「私、父が亡くなったとき、そのまま実家にいたら、すぐに結婚しなくちゃいけない気がしたんです。でもそれは嫌だった。だけど父親との約束も守りたかった。だから『しばらく東京に行かせてほしい』って、彼にお願いしました。最初……『不安だ』って言われて『行かせられない』って。私は必死でした。どうしても彼からしばらく離れたかったから」

私は社長のジャケットの脇腹あたりをぎゅっと握った。

「私、言いました。『今夜あなたのものになります。だから信じて』って」

体が細かに震える。

「ずっと……ずっと、あの夜のことが引っかかっていました。納得して抱かれたけれど、でも彼も、父も、そして自分自身をも裏切ってしまったような気がして」

社長の大きな手が、髪を梳くように優しくなでる。

ずっと胸にためていたものを吐き出して、思わずため息をついた。

「なんで社長にこんな話を……」

「あの男、殴ってよかった。いくらなんでも、東京に行かせる代わりに抱くだなんて、卑怯すぎるだろ？」

それを社長が言うなんて……。

「ふふふ」

社長の腕の中で、張りつめていたものが溶解する。

「なにがおかしい？」

「社長が『卑怯』って言うなんて。立場を利用して、秘書で遊んでるくせに」

私は顔を上げて、社長を見て微笑んだ。両頬に社長の大きい手のひらが添えられる。

手のひらがあったかい。今、なんで私、社長にこんなふうに見つめられて……。

社長が涙の跡を親指でぬぐう。くいっと小さく引き寄せられて、私の顔が社長に近づいた。そして、社長はごく自然に顔を寄せ……。

「えっ」

今のなに？　私は思わず声をあげた。

社長は動きを止めると、突き放すようにして慌てて私の頬から両手を離す。

「社長、今……」

社長の首が、頬が、耳まで、みるみる赤く染まった。

「早く、帰れ」

社長はそう言い捨てると、勢いよく階段を上がろうと足を踏み出した。

その瞬間、パリンとなにかが割れるような小さな音がしたけれど、社長はそれに気がつかず、どんどん階段を駆け上がる。

その姿はあっという間に見えなくなって、私には駆け回るような速い脈拍だけが残された。

音がしたほうを見ると、なにかがつぶれている。近づくとそれは私のメガネ。

社長は私のメガネを踏みつぶしたことにも気がつかなかったのだ。それぐらい慌てて、この場から走り去ったということか。

胸の音が鳴りやまない。

私は壊れたメガネを胸に、その場にしゃがみ込んで、小さく息を吐いた。

その夜はひと晩中、社長の完璧な顔が真っ赤に染まった瞬間が頭から離れなかった。


「長尾さん、今日、メガネどうしたんですか?」

翌朝出社すると、開口一番リカちゃんが私の顔を覗き込んだ。

「あ、壊れちゃって」

メガネをはずすと、裸を見られているようで心もとない。

「そうなんですか。昨日は社長で、今日は長尾さん。んん～?」

リカちゃんが含みを持った声を出した。

「踏まれちゃったの」

私は慌ててそう言った。嘘はついていない。跳ね飛ばされたメガネを、社長が見事に踏んでいった。

「今日、会社帰りにメガネ屋さんに行くつもり」

「そのほうがいいですよ。困りますものね」

そんなやり取りをしていると、秘書室の扉が開く。

「おはようございます」

秘書がいっせいに立ち上がり頭を下げる。

「おはよう」

いつも以上にピリピリムードの社長が出勤してきた。

社長と目が合うと、心臓が跳ね上がる。昨晩、自然に顔を寄せてきた社長が頭に浮かんだ。

「……長尾、メガネどうした」

社長が私の前に立ち止まり尋ねた。

「踏まれました」

「……そうか」

社長の顔は少しも変わらない。自分が踏んだってことを、覚えてないんだろうか。

社長が背を向けて、社長室へと入っていく。私は社長の心がわからず、もやもやが胸に渦巻いていた。

社長が変だ。突然昌隆くんを殴ったり、顔を真っ赤にしたり。

「ああ、もう」

思わず口に出す。

「どうしました？」

リカちゃんが尋ねたので、慌てて「ごめん、独り言」と謝る。

考えなくちゃいけないことがある。結婚という、人生を左右する大切なこと。でも、社長のことが気になって、どうしても昌隆くんに考えが及ばない。

本当にもう、どうしたらいいんだろう。

私は軽くため息をついて、デスクに座る。朝のメールチェックをしていると、一通の新着メールのお知らせが届いた。

【メガネ、今日の帰りに買ってやる】

再びため息をつく。

本当にもう、どうしよう。

社長のドイツ製高級車に乗って、メガネショップに連れていかれた。夜の銀座のネオンが車内を時たま照らす。

運転席の社長を横目でちらっと見ると、悔しいほどに平然としている。

やっぱり動揺しているのは、私ばっかり。私は混乱していて、どうしたらいいかわからない。もともとギャップのある人だったけれど、あんなに無防備になった瞬間は初めてだった気がする。でも、あれもキスさせるための演技なんだろうか。

「メガネ……」

「はい？」

突然話しかけられて、私はハッと我に返った。

「メガネ、俺が踏んだ？」

表情を変えず、社長が言う。

「そうですね」

「階段で？」

「……はい。覚えていらっしゃらないんですか？」

私は注意深く社長の横顔を観察する。

「覚えてない」

社長は私の顔を少しも見ない。

「悪かったな」

ビジネスモードの社長から、今日はなかなか抜け出ない。メガネを踏まれたのは私だが、なぜか怒られているような、そんな気にさせる。

「そういえば」

私は社長の真新しいメガネを見る。

「社長も先日メガネを壊されてましたよね。どうされたんですか？」

そう尋ねると、社長は気まずそうな顔をする。

「投げた」

「メガネをですか？」

「イライラして」

イライラしてって……。社長が壊れたメガネを手に出社してきた日の前夜は、たしか昌隆くんとのことを社長に責められて、私が社長を振りきったんじゃなかったっけ？ じゃあ、そのイライラって私のせいなのかな？ でも、社長が私のことで心を乱すなんてこと、あるわけないと思うけど。

銀座の地下駐車場に車を置いて、暗い階段を上がって地上に出る。有名デパートの裏手に、そのメガネショップはあった。ガラス張りの店なので、客がほとんどおらず、ガラスのショーケースがたくさん並べられているのがわかる。私は思わず尻込みした。

「……なんだか、高級そうなお店……」

「そうか？」

あの、と言って私は立ち止まった。

「いつもかけているメガネ、本当に安いんです。フレーム五千円均一なんです。だからこんなところで買っていただかなくても……」

社長は私を一瞥すると、くるっと背を向けてさっさと店内へと入っていく。

え？ 返事もなし？

私は仕方なくその背中を追った。

「いらっしゃいませ、桐田様」

黒のスーツを着た、銀縁メガネの男性スタッフが、近寄ってきた。

「今日は、どのようなメガネをお探しでいらっしゃいますか？」

「彼女に似合うものを探しに来たんだ」

「かしこまりました」

あっという間に、いくつかフレームが選び出される。目の前のビロード張りの板には、まるで宝石を扱うかのような慎重な手つきで、フレームが並べられた。

「シャープな印象のお顔立ちですので、少し丸みのあるフレームだと女性らしさを強調してくれると思います。ぜひ、お試しください」

スタッフが言うと、社長が「ほら」と私の顔を見る。

私は「今すぐかけてみろ」という圧力を感じて、フレームに手を伸ばす。けれど、値札を見て思わず手を引いた。

「社長」

「なんだ」

「高いです、これ」

値札には「一五〇〇〇〇円」と記されている。私は何度も〇《ゼロ》の数を数えた。

「そうでもないだろ」

「……社長には高くなくても、私には」

「買ってやるって、言ってるんだ。文句言うなよ」

「いえ、こんな高級品じゃなくていいと、お願いしているんです」

私は社長の目を見て訴えた。毎日顔に十五万円をつけて歩くなんて、気持ちが落ち着かない。

「……さつき、庶民だな」

社長は愛おしいものを見るような目をして微笑みながら言った。

「そうです」

私は思いきりうなずいた。

「ちょっとかけてみろって。あのでかいメガネ、本当におかしかった」

社長がメガネフレームを手に取り、そのまま私の耳にかけようとする。社長の指が耳に触れると、顔が赤くなるのがわかる。

社長のことを気にしちゃいけない。彼は私で遊んでいるだけなんだから。

社長の端正な顔を見上げた。

綺麗。いつ、どの角度から見ても完璧だ。こんな人にキスされたら、きっと溶けてしまう。女性なら誰だって、一度は夢を見る憧れの存在……そんな人。

「キスしてほしいって、思ってる？」

社長が笑みを浮かべてささやく。

「……思ってません」

私はさっと顔を背けて、鏡でメガネをチェックするフリをした。本当は顔が熱い。

「そっか」

社長ががっかりしたような声を出す。

「俺、こういうのに負けたことないんだよね」

「……でしょうね」

メガネをはずしながら言う。

「あいつが好きだから、俺とは嫌だってこと？」

なんだか拗ねたような口調で社長が言った。

「それは……わからないですけど」

私は言葉を濁した。

鏡の中の社長が腕を組んで、私を見る。この視線に耐えられない。いつだって心を裸にされる気がする。

「好きじゃないなら、結婚しなきゃいいのに」

「……でも社長に遊ばれるよりも、幸せになれる気がします」

社長が口をつぐんだ。

私は「しまった、言いすぎた」と首をすくめる。

社長がしばらく考えるように眉を寄せる。それから「そうだろうな」とつぶやいた。

なんだか気まずい沈黙。私は落ち着かなくて、片っ端から出されたメガネをかけてみた。

たしかに、壊れたメガネは大きすぎたかもしれない。こっちのほうが、断然素敵。

無意識に唇に笑みが浮かんだとき、私のうしろからこちらを見る社長と鏡の中で目が合った。

慌てて笑顔を引っ込める。

ここでニコッと笑って「素敵です、うれしい」って言えるのなら、かわいげのある女性になれるのに。わかっていながらも、実際にはなかなかそうできない自分がいる。

社長はガラスケースに肘をついて、そんな私をなぜか満足そうに見ていた。

「それにする?」

社長が鏡越しに尋ねる。

私はフレームをはずして値札を見る。これも十三万円もする。私はくるっと振り向いて「高いです」と言った。

「高すぎます。もっと安くていいんです」

するると社長が軽く笑って「頑固だなあ」と言う。

「でも似合ってたよ、すごく」

社長はそう言って、私の手からフレームを受け取った。

「俺にキスさせたいなら、このメガネがいいと思うけど？」

本当にこの人は自分の魅力を最大限に使う。いつもはニコリともしないビジネスモードなのに、こんなふうに甘く微笑まれるとあっという間に引き込まれそうになる。

私は傾きそうな気持ちを全力で引き留めて、極めてビジネスライクに「社長を誘惑するつもりはありませんが」と前置きする。

「そのメガネが一番気に入ったのは事実です」

「じゃあ決まりだ」


車に乗る前に、私はきっちりと「ありがとうございました」と頭を下げた。

「俺が壊したんだから、いいんだよ」

社長はそう言いながらうれしそうにしている。そして車のエンジンをかけると、銀座の大通りに出た。

「視力が〇・〇五？　なにをするとそんなに悪くなるんだ？」

車の中で、私をからかう。

私はとにかく冷静でいようとした。うっかり社長の顔を見てしまうと、昨日の出来事がぶわっとよみがえってきてしまって、動揺してしまうのだ。

一方の社長はすっかりもと通り。あの真っ赤になった社長はどこかへ行ってしまった。

高速道路へ入る。車のライトが連なって、まるで燃える川のようだ。

しばらくすると、社長が気軽な感じで尋ねてきた。

「結婚するのか？」

「……したほうがいいとは思ってます」

複雑な心中を悟られぬよう、無表情で言う。

「『したほうがいい』と思ってるなら、しなきゃいい」

「社長は自分のことじゃないから気軽にアドバイスしてくださいますけれど……そう簡単には決断できないんです」

「……まあ、決めるのはさっきだけど」

社長はそう言いながらも、それを不満に思っているような顔をした。

マンションに着き、私の部屋の前で社長と別れた。

また去り際になにかちょっかいを出されるかも、と私は少し身構えたが、社長は「また明日」と言って部屋へと戻っていった。一度も振り返らず、社長は鍵を開けて自分の部屋に入っていく。

彼の姿が見えなくなると、ほっとすると同時になんとも言えない寂しさが込み上げてくる。

「どうしちゃったの、私」

私は、額に手をあてた。

決心

社長と別れて部屋に入り、玄関のドアを閉めると、しばらくその場であれこれと考え込んだ。

社長のことが気になりだしたら止まらない。社長にとっては遊びだとわかっているのに、つい心が持っていかれる。

私は社長のこと、どう思ってるんだろう。本当は好きなのだろうか。

そんなことを考えた。

彼以上に綺麗な人、今までに一度も見たことがない。あんな顔で「キスする？」って聞かれたら、誰だってクラクラする。社長はあの容姿で、頭が切れて、すべてにおいて優秀な人だ。そんな人、自分とはあきらかに住む世界が違う。

素敵な俳優さんにキスをねだられているのと似たようなものだ。そんな場合、誰だってふわふわと夢見心地になって、キスしたいって思うはず。

だから私のこの気持ちも、気の迷い。憧れと言ってもいい。しばらくすれば忘れるような軽い感情だ。そうに違いない。

そこでふと、異変を感じて顔を上げる。

部屋の雰囲気が……なんだか、違う？

私の体が緊張でこわばる。

おかしい。だって、空気が……どこかから、外の空気が入ってくる。窓開けて出た？　ううん、絶対違う。

私は、恐る恐る玄関の明かりをつけ、リビングの暗闇に目を凝らす。怖くて、リビングに入っていけない。うしろ手に玄関の扉を開ける。

とにかくこの部屋からいったん出て考えよう。それから……警察に……。

廊下へ出ようとして、一歩足を踏み出した瞬間、すごい勢いで突き飛ばされた。

目が、衝撃でチカチカする。気づくと廊下のコンクリートに倒れていた。目線を上げると、階段のほうへと消えていく男の背中が見えた。

胸が恐怖でぎゅーっと痛み、声を出そうとしても出ない。

どうしよう。どうしよう。どうしよう。

私は社長の部屋の扉を見上げた。

すると扉が勢いよく開き、驚いた社長の顔が見えた。

「どうした⁉」

社長が私に駆け寄り、助け起こしてくれる。

「男の人が、部屋に」

「え？」

社長の顔色が変わる。

「私を突き飛ばして、逃げて……いきました」

かすれる声でそう言う。

社長は私の肩をぐっと抱き寄せて、ポケットからスマホを取り出す。

頭上で警察に電話している社長の低い声に、怒りが混じっている。白いワイシャツの胸に頬を寄せていると、自然と落ち着いてきた。

そばにいてくれてよかった。

私がシャツの袖をぎゅっと掴むと、社長があやすように抱きしめた。

本当に、そばにいてくれて、よかった。


それからの警察への対応は、すべて社長がしてくれた。私はといえば、廊下に立ったまま、警察が自分の部屋に出入りしているのを、信じられない気持ちで眺めている。

警察が調べたところによると、なにも取られてはいないらしい。けれどリビングの床に、持ち込まれたと思われるガムテープとビニール紐が落ちていた。

「レイプ目的でしょうね」

刑事が淡々とした口調でそう言った。

〝レイプ〟。その言葉を耳にすると一瞬で背筋が凍る。どこか他人事だと思ってきたそれが、自分の身に降りかかろうとしていたなんて。

あのままなにも気づかずリビングに入っていたら、なにが起こっていたのか。呆然とする私の肩を社長が抱いてくれた。

深夜十二時頃、やっと警察が帰っていった。

「もう、こちらのお部屋使っても大丈夫ですよ」

刑事が私にそう言ったが、とてもじゃないけどひとりで部屋に入れない。鍵も壊されてしまっている。そんな重大な異変にも気づかず部屋に入ったなんて。本当にどうかしてる、私。

たくさんいた捜査員たちが去った後、私は廊下に立ち尽くした。

「どうするか」

社長が尋ねてくれた。

「……そうですね……」

私は自身の体を自分で抱きしめるようにして、恐怖に震えそうになるのを必死になって止めた。ホテルかどこかに泊まるしかない。でも、ひとりで夜を過ごすなんてこと、心細くて。

「とりあえず、今日はうちに泊まればいいよ」

社長が自宅の扉を開け、中に入るよう促す。

「でも……」

「なんにもしないよ」

社長の部屋に入るのは初めてだ。

壁際には、以前デスクの上で見かけた針金と粘土の人形が、いくつも飾られている。それから有名なクレイアニメーションのポスターに、デザインや映像制作に関する本。経営に関するものは、なにひとつない。

チョコレート色の二人掛けソファに、ガラステーブル。グレーのカーテンが引かれた脇には、深い緑のシダのような観葉植物が置かれていた。

自分の部屋と間取りは同じなのに、インテリアが充実しているからか、全然印象が違う。ここに比べると、自分の部屋はとても簡素でそっけない。

「座れよ」

社長がソファを指差したので、素直にそこに座った。

「ココアでも飲むか?」

「……はい、ありがとうございます」

社長がカウンターの奥で、お湯を沸かす。その光景がなんだか信じられなくて、私はじっとその様子を見つめていた。

「なに?」

視線に気づいて、社長が笑う。

「いえ、社長がキッチンにいらっしゃるって、なんだかピンとこなくて」

「コーヒーを入れるか、お湯を沸かすぐらいしかしないよ」

社長は手早くココアを作る。甘くて香ばしい香りが、部屋に満ちてきた。

社長はマグカップを私に手渡すと、自分はガラステーブルを挟んだ向かいにあぐらをかいた。

「明日、会社休んでいいから」

社長が言った。

「でも」

「篠山がいるから、大丈夫だ。社員をひとり、手伝いに来させるから引っ越せ。新しい部屋は見つけてやる」

私は突然の提案に返事ができず、黙ることしかできない。

あの部屋に住み続けるのは、たしかに精神的に難しい。それに、ずっと社宅から引っ越したいと思っていた。それが実現するというのに、なぜこんなに寂しさを感じているんだろう。

ここから引っ越したら、もう社長とは会社でしか会わなくなるから。

パッと浮かび上がったその考えを、私は懸命に打ち消した。

なにも言わない私に、社長はしばらく考える。

「それとも、実家に帰るか？」

矢で射抜かれたような衝撃が胸に走る。

顔を上げると、社長と目が合った。すごく冷静で、なんの迷いもない表情。その事実が、先ほど突き刺さった矢の傷を、さらにえぐる。

社長が後手に腕をついて、私を見上げた。

「さつきがしたいように、すればいい」

「社長は」

私はずっと気になっていた疑問を口にした。

「なんであんな馬鹿げたゲームを始めたんですか?」

「……楽しそうだったし」

社長が首をすくめる。

「婚約者もいるって言うから、さつきがどれだけ理性と闘えるか見てやろうと思って」

「楽しめました?」

「……どうかな」

社長が小さく笑う。

「案外、さつき、頑固なんだもん。好きでもない奴に操を立てて」

「私にキスしたくなったら、社長の負けなんですよね」

「そうだよ」

「一度も、なりませんでした?」

私は顔を上げて、社長の瞳を見つめた。

社長の表情は変わらない。悔しいほどに、まったく。先日階段で見た、動揺して顔を真っ赤にしたのは、やはり私にキスさせるための演技だったんだろう。

「なるわけないだろ」

社長が頬を少し上げて、誘惑するような笑みを浮かべた。

「俺は、女に本気になったことがないんだ」

私はマグをガラステーブルにゆっくりと置いた。

「そうですよね。そんな気がしてました」

私は微笑んでそう返した。社長のひと言を聞いて、自分の中で踏ん切りがついた。

社長と向き合う前でよかった。

怖くて、冷静で、恐ろしいほどに頭が切れて、でも遊び慣れてて、自信家で。絶対に、自分のテリトリーに踏み込ませない。誰にも心を渡さない。

私はそんな彼に魅了されたけれど、これは恋じゃないのだ。勘違いをして巻き込まれたら、もう二度ともとの自分には戻れない。

本当に、気づいてよかった。ぐっと込み上げるなにかをのみ込んで、私は社長の人を虜にする瞳をまっすぐに見つめる。

「実家に帰ります」

私はきっぱりと言った。

「有休を消化させてください。一ヶ月分ぐらいあったと思います」

社長の顔に一瞬感情のなにかが表れた気がしたが、すぐにもとに戻った。

「わかった」

「明日、会社に『退職願』を出します」

私はそう言って、社長ににっこり笑いかけた。

「社長。心では私、負けてました。だって、すごく魅力的な人だから。何度もキスしてほしいって思ってましたよ」

口に出して伝えると、あんなにかたくなに嫌がっていたことも、全部気持ちの裏返しだったのだとわかった。

社長が瞬きもせず、私を見つめる。

「でも、やっぱり心のないキスはしたくないんです。だから結局は引き分けですよね」

さよなら、と心の中で別れを告げる。

「私、結婚します」


その夜、社長のソファで寝ているとき、夢を見た。

明け方近く、眠っている私のこめかみに、社長がそっと唇を寄せる夢。現実にはあり得ない。社長はあんなふうに心を込めたキスなんかしないって知ってる。

でも社長のソファで目が覚めたとき、すごく泣きたくなった。本当だったらよかったのにって、思ったから。

ただの憧れにすぎないのに、本当に好きなわけでもないのに、こんなに胸が痛いなんて、私は大げさだ。


「昨日のうちに連絡をくれたらよかったのに」

目黒駅前のコーヒーショップで、昌隆くんと会った。

「ごめんなさい。夜遅かったから。でももう大丈夫」

そう言って私は彼に笑いかけた。

ほっとしたような昌隆くんの顔。この人は、きっとまっすぐに自分のことを思ってくれている。

「住むところはどうする？　引っ越しする？」

窓際の席からは、出勤する人たちが会社へと急ぐのが見える。

「私、実家に帰ります」

私ははっきりとそう告げた。

「え？」

コーヒーカップを持ち上げようとしていた昌隆くんの手が止まる。

「いい機会だと思います。もう東京に思い残すこともないし。実家に帰って、結婚します」

「……本当？」

私は小さくうなずいた。

「待ってくれて、ありがとうございました」

そう言いながら頭を下げる。

「そっか。そうか……」

昌隆くんの顔にほっとしたような笑みが浮かぶ。

「とりあえず、明日、一緒に帰ろうかと」

「仕事はいいの？」

「はい。秘書はふたりいますから、急いで次の人に引き継ぎする必要はないんです。有休も一ヶ月もあまってるし。それを使って退職までの間、実家で結婚の準備をしようかと」

「……あの人は？」

昌隆くんが殴られた顎を無意識に覆いながら尋ねた。

「なにも言いませんよ……きっと、またすぐに次の楽しいことを見つけますから」

私はあきらめと虚しさを感じつつも、努めて明るく笑った。

心を決めると、あれこれと余計なことを考えなくてすむ。昌隆くんとの結婚のことだけ考えていればいい。これからどんなふうに、昌隆くんと暮らすのかとか、どんな人生を送るのかとか。正直今はなにも思い描けないけれど、でもきっとこれでよかったんだ。

『荷物をまとめるのを、手伝おうか』と言う昌隆くんに首を振り、ひとりマンションへと帰ってきた。

社長は、会社から人をよこすと言ったけれど断った。知らない人に自分の荷物を見られるのに抵抗があるし……それになんとなく、ひとりになりたかった。

リカちゃんには謝罪のメールを打った。申し訳ない気持ちになったが、このままずるずると仕事を続けることはできない。なにより社長の顔を見て過ごすのは、耐えられない。だからもうきっぱりと辞めたかった。

【本当に、辞めちゃうんですか？　寂しいです】

【ごめんなさいね】

メールでの短いやり取り。彼女ならきっと、これからも秘書室でうまくやれる。

バッグに荷物を詰めて、ゴミを片づける。引っ越しの手続きはもう少し落ち着いてから。今は、すぐにでも東京から離れたい。社長のところから、ずっとずっと遠くに。いつの間にか、夕闇が追ってきていた。室内に暗がりが広がり始めると、心細くなってくる。

私は後回しにしていた退職願を書き始めた。

【一身上の都合で……】

書きながら思う。女性は結婚退職するとき、もっと幸せに満ちあふれているものじゃないだろうか。

『好きじゃないのに、結婚するなんて馬鹿じゃないか』

社長の言葉を思い出す。

「馬鹿じゃありません」

声に出して言うと、瞳から涙がこぼれた。

「馬鹿じゃないもん。だって、このままは苦しいもん」

メガネを取って、涙をぬぐう。高級メガネに、大きな水滴がついている。

〝憧れ〟と〝好き〟は、どう違う？　よくわからないけれど、きっと私は、社長のことを忘れられないだろう。

そう思ったとたん、こらえていたものが一気に込み上げてきて、涙が止まらなくなった。

夜九時。私は社長の部屋のインターホンを鳴らした。

しばらく待つと、ガチャガチャと鍵をはずす音がして、社長が扉を開けた。すでにスーツは脱ぎ、グレーのパーカーに着替えている。玄関の明かりを背に、社長の顔に半分ほど影ができている。

社長は私が訪ねてくることを察していたのか、あまり驚いていない。でもどこかあきらめに似た雰囲気を醸し出していた。

「なんだ？」

社長が尋ねた。

「あの……退職願を出しにきました。明日の新幹線が早い時間なので、会社に伺えないと思いまして」

「そうか」

私は封筒を差し出した。先ほどの涙で、心なしか湿っている。

社長はその封筒を手に取り、「今夜はどうするんだ？」と尋ねた。

「彼のホテルの部屋に泊まります」

　私がそう言うと、社長の顔が一瞬曇る。

「……部屋に？」

「はい。だって結婚するんですもの」

「……そうだよな」

　社長は自分を納得させるようにつぶやいた。

　これ以上ここにいると、自分がなにを言いだすかわからない。

　ちょっとした沈黙の後、私は「それじゃあ」と、一歩下がった。

「この間……」と、社長が口を開いた。

「言ってただろ。『心のないキスはしたくない』って。さつきは〝心のあるキス〟をしたことあるのか？」

　とくんとひとつ胸が鳴る。最後にこんなことを尋ねる社長の真意がわからない。

「ありますよ。……中学生の時、大好きだった男の子と。ぎこちなかったけれど、お互いにとても好きだってわかるような、素敵なキスでした」

　社長を見上げる。

「俺はそんなキスしたことないな」

「じゃあきっと」

私は微笑んだ。

「これからするんですよ」

社長がじっと私を見つめるので、私はもう一歩うしろへ下がった。

「大変お世話になりました。失礼します」

深く頭を下げて、踵を返す。そしてエレベーターに向かってまっすぐ歩きだした。

マンションのエントランスを出ると、思いのほか強い雨が降っていた。私は傘を開いて歩きだす。傘にパタパタと雨音が響く。

しばらく歩いてから、雨に霞むマンションを振り返った。夜空をバックに、いくつもの窓に温かな明かりが灯っているのが見える。少し眺めて、それから再び歩きだした。道路を流れて落ちる雨水を、黒のパンプスが蹴る。

社長は最後まで、あまり現実味のない人だった。

それは、あの美貌のせいなのかもしれないし、掴みどころのない雰囲気をまとっているせいなのかもしれない。あるいは、ビジネスでの社長とプライベートでの社長が、あまりにもかけ離れていたせいかもしれない。

それでいて、自分が話している相手がどっちの社長なのか、判断できないときもあった。本当に不思議な人……。

その時、ふと思い出した。

社長の父親に傷つけられたとき、私を優しく抱き寄せてくれたあの人。

「あれはどっちの社長だったんだろう」

私は駅までゆっくりと歩きながら、さっきから社長のことしか考えていないことに思い至った。

昌隆くんを幸せにしてあげることを考えなくちゃいけないのに。

〝心のあるキス〟を、昌隆くんにいつかできるようになるかな……。

商店街に入ると、人通りが多くなる。ほんのちょっとの間に、さらに雨がひどくなってきた。すれ違う人たちは、みな身を丸めて傘を差している。

時刻はおそらく九時半前というところ。昌隆くんに伝えた時間よりもかなり遅くなってしまった。心配してるだろうか。連絡したほうがいいかもしれない。スマホはバッグの中だっけ。

そんなことを考えていたら、ふとスマホが鳴っていることに気がついた。バッグの中で振動している。

私は首をかしげるようにして、傘が落ちないように肩を使って挟む。そして土砂降りの中、やっとバッグからスマホを取り出した。

すると突然、スマホを持つ手を力いっぱい掴まれた。衝撃で傘が跳ね上がり、空を舞う。雨がすごい勢いで体を濡らしていく。

「……社長?」

あまりに突然のことに私は驚いて、息が止まりそうになった。

社長は全身ずぶ濡れだ。濡れた黒髪が額に張りつき、そこから水が伝ってシャープな顎から首へと流れていく。

瞬く間にふたりは濡れる。社長のパーカーはすでに半分以上黒ずんで見えた。

「あ、傘……」

私は落ちた傘を拾おうとしたが、社長の手が緩まず引き戻された。

「……は、ダメだ」

「え?」

雨音にかき消されて、なにを言っているか聞き取れない。

社長がイライラしたように言う。

「結婚はダメだ」

メガネが雨に濡れて、社長の顔がよく見えない。

「でも……」

「会社を辞めるのもダメだ」

社長は手に持っていた「退職願」をぐしゃっと丸めて道路に放り投げた。

心臓が痛いほどに脈を打っている。

どうして来たの？　どうして傘も差さず、そんなになりふりかまわず私のところへ……？

「後任が決まるまでとおしゃるなら……」

雨音に消されないように、私は声を張り上げる。

「馬鹿か、お前。なんでそんな鈍いんだ」

社長も怒鳴るように大声だ。

「どういう意味ですか？」

私がそう言うと、怒っているような社長の顔が、急激に赤くなる。真っ赤になって、下唇を噛んだ。

「ああ、まったく」

吐き捨てるように社長がつぶやく。

社長の大きな手が私の両頬を包む。私は驚いて身を引こうとしたが、力が強くて動けない。

「俺の負けでいいや」

次の瞬間、社長の唇が私の唇に重なった。

雨の音と、自分の心臓の音が重なって、めまいがする。頬に触れる指は、雨に濡れて冷たくて。でも唇は熱くて溶けていってしまいそう。支配するように強く、それでいて包み込むように優しく。

脚に力が入らない。足もとから落ちそうになるのを、社長の濡れた袖を掴んで必死に耐えた。

「好きだ」

唇が離れるほんの一瞬に、社長がささやいた。

「え……」

でもまたすぐに唇を塞がれる。

「あの……それ……」

どういうこと？　なにが起こったの？

完全に唇が離れると、彼は私の顔をまじまじと見た。

「〝心のあるキス〟はさつきにしたいってこと。察しろよ、馬鹿」

また赤くなる顔を隠すように、私の濡れた体を抱きしめた。

冷たい体。私も自然と腕を回す。

ふと周りを見ると、通行人が立ち止まってこちらを見ていた。

「あっ」

ふと我に返って、急激に恥ずかしくなる。みんなの見てる前で、こんな……。

「ちょ、社長。みんな見てます」

「見せとけ」

「でも……」

私が体を押しのけようと力を入れた瞬間、うしろから「さつきちゃん」と声が聞こえた。その声が、瞬間的に私の罪悪感とうしろめたさを呼び起こす。

振り向くと、傘を差した昌隆くんが道の真ん中に立っていた。

「昌隆くん……」

「迎えに来たんだ」

昌隆くんの顔からは表情が失せ、瞳に力がない。コンクリートにあたり飛び散る水しぶきが、膝から下をずぶ濡れにしている。

「彼女が好きだ。連れていかせない」

社長が言った。

「さつきちゃんは？」

昌隆くんが問う。

「私は……」

すぐには答えられない自分がいる。父親との約束をたがえてもいいのか。

「さつきは、お前のこと好きじゃないんだ」

私は驚いて社長を見上げる。

「彼女がお前との結婚を決めようとしたのは、父親の遺言があったからだ。ただそれを守りたかっただけ。そこにお前への思いがなかったから、彼女は悩んでいたんだ。お前はそれでいいのか？」

私の肩を抱く社長の手に力が入る。

「自分を好きじゃない女と、一生暮らせるのか？　そんな女を幸せにしたいって、本当に思うのか？　幸せにしてやれる自信はあるのか？」

激しい雨の音。私はなにも言えず立ち尽くす。

しばらくすると、昌隆くんの顔に薄い笑みが浮かんだ。

しさで笑う。

「いいよ」

社長も、これから殴られるにもかかわらず、まるで喜んでいるかのようなすがすが
しさで笑う。

「ちょっと、待って！」

私が止めようとした瞬間には、社長がうしろに吹っ飛んでいた。周りから驚きのど
よめきが生まれる。いつの間にか、三人の周りには人だかりができていた。

「社長っ」

水たまりに倒れた社長に駆け寄った。頬が真っ赤になっている。私は思わずその頬
にそっと手をあてた。

「一回、人を殴ってみたかったんだ」

昌隆くんはそう言うと、手から落ちた傘を拾った。

「……結構痛いもんだな」

社長が顔をしかめながら、立ち上がった。

「さつきちゃん」

昌隆くんが自分の傘を差し出す。

「さつきちゃんが俺のことをなんとも思ってないってわかってたけど、それでもやっぱり結婚したかったたな」

「昌隆くん……」

昌隆くんはひとつため息をつくと、横に立つ社長を見上げた。

「決めるのは彼女だ。お前の勝手で振り回したりするな」

「わかった」

私が傘を手に取ると、昌隆くんは一歩下がった。いつの間にか、雨が少し小降りになっている。

じゃあね、と昌隆くんは手を上げる。

「昌隆くん」

「その男に嫌気がさしたら、帰ってきてもいいよ」

「……うん」

思わず笑った私を見て、昌隆くんも笑顔を見せた。

「さよなら」

そう言うと、昌隆くんは背中を向け、駅のほうへと歩いていった。

キスで落として

恥ずかしさでうつむいたまま、社長に引っ張られるようにしてマンションへ帰ってきた。

顔を上げ周りを見回す。社長の部屋の真ん中に立つと、ずぶ濡れの社長が手触りのいいふかふかのタオルを投げてよこした。

「拭いとけ」

タオルに顔をつけ、大きく深呼吸する。

とりあえず、昌隆くんとの結婚は白紙に戻り、それで……。

ちらっと目線を上げると、社長はキッチンのカウンターに手をついて、こちらをじっと見ている。それからおもむろに濡れたパーカーを脱ぐと、下のシャツまで濡れていて素肌が透けていた。綺麗な首筋に濡れた黒髪が張りつく。

私は慌てて目を逸らした。うつむきながら濡れた髪をタオルで拭く。

「シャワー浴びろよ」

シャワー？　な、なんで!?

「いっ、いいです。大丈夫です」

「遠慮するな、寒いだろ」

社長がビジネスモードの声音なので、なぜかこれ以上拒否することができない。

「それよりもまず、濡れた服を脱ぐか」

脱ぐ⁉

私の顔色が変わったのか、社長は笑いだした。

「さつき、緊張しすぎ」

恥ずかしさで、カッと顔が熱くなった。

「かっ、帰りますからっ」

「はいはい」

社長はそう言うと、こちらに近寄ってきた。

濡れた髪に濡れたシャツ……社長が放つ色気は半端じゃない。私は落ち着かなくて、アワアワと周りを見回す。社長は私の手からタオルを奪うと、私の頭にかけて勢いよく拭いた。

「風邪引くだろ。早く入れ」

そのまま私の手を引いて、玄関から続く廊下の左手にあるバスルームへと入る。社長は電気をつけて「どうぞ」と言った。

「バスタオルはその棚。着替えは俺のシャツを後で持ってくる」

「は、はい」

私は緊張でクラクラしながら、こくんとうなずいた。

バスルームの扉が閉まると、ちょっと安心する。隣の私の部屋とつくりは一緒。でも決定的に違うのは、香りだ。

使ってるシャンプーや社長の香水の匂いが混じって、私の鼻腔をくすぐる。雨に濡れてとても体は冷たくなっていたが、なぜかカッカカッカと内側から熱くなった。

とにかく早く、シャワーを終えよう。

ばくばくする胸を抱えながら、私は慌ててシャワーを浴びた。

超特急で体中を洗い脱衣所に出ると、私の濡れた服は消えてスウェットが置いてあった。社長がよく着ているタイプのものだ。洗濯して綺麗にたたんである。

「……下着どうしよ」

濡れた服と一緒に下着も消えてる。社長がその下着を見たのかと思うと、恥ずかしくて気が滅入りそうになった。

私は仕方なく下着をつけず、ジャージを着てみた。着るとまるで社長に包まれているような気がして、私は慌てて首を振った。

とにかく、とりあえず上はいい。腕をくるくるまくり上げればなんとかなる。でも下が……。

私は洗面所の鏡に映った自分を見る。ビジネスのときのような堅い雰囲気は微塵もなく、今は道に迷った子どものような心細い顔をしている。

私は洗面所の棚に、ヘアゴムが無造作に置いてあるのを見つけた。

「これでいいや」

私はウエストの部分をそのヘアゴムで縛り、ずり落ちないようにして、やっと安堵したのだった。

「ありがとうございました」

リビングへ出ていくと、社長はもう着替えていた。白いシャツにスウェット姿で、ソファに座りコーヒーを飲んでいる。

「さっきもコーヒー飲む?」

「あ、はい。ありがとうございます」

それからキョロキョロと部屋を見回した。

「あの……私の濡れた服は?」

キッチンでお湯を沸かしている社長に尋ねた。

「ランドリーサービスに出した」

「そんなサービスあるんですか？」

「知らないの？」

社長はこちらを見て、ふわっと笑う。

私はその社長の顔に胸がきゅーっとなって、自分で驚いた。

「ブラックでいい？」

その低い声にも、そわそわしてしまう。私は目を合わさないようにして、小さくこくんとうなずいた。

目の前のガラステーブルにカップを置くと、社長が横に座った。私はとっさに社長との隙間を空ける。

社長はこちらを見て、唇に笑みを浮かべる。

あ、私の考えてること、お見通しの顔だ。恥ずかしい。

「社長はシャワーは？」

「俺はいいよ。もう乾いた」

そして私を見て、当然のことのように、指で髪を触った。思わずビクッと反応する。

ああダメだ。気にしすぎてる……。私は両手で顔を覆った。

社長はクスッと笑うと、立ち上がって新しいタオルを持ってきた。そのタオルで頭を包むように優しく髪を拭いてくれる。

社長の大きな手が、髪だけじゃなく頬や耳、首に時折触れる。そのたびに私は目をぎゅっとつむってビクッとしないように耐えた。

「つかまえた」

タオル越しに社長の低い声が聞こえたので、私はとっさに目を開いた。

目の前に社長がいる。また優しく微笑みながら、タオルの両端をくいっと引っ張り唇を寄せた。唇に触れるぬくもり。

「これが俺の心を込めたキス」

何度もただ触れるだけのキスをする。

少しも嫌じゃない。私はこの人のこと、好きなんだろうか。

突然、ふわっと体が浮き上がった。真っ白な天井が視界に入る。

私は慌てて社長にしがみついた。　え、なにが起こったの？

本来アクリルの引き戸で仕切られているリビングとベッドルームだったが、私の部屋と同様引き戸は開けられ、ワンルームのようなつくりになっているので、ベッドはすぐそこ。

私はポンとベッドに放り投げられた。ベッドの上で体が弾み、ウッドブラインドがカランと軽い音を立てる。

見下ろす社長の唇に笑みが見えた。急速に血圧が上がる。私は社長から距離を取るように後ずさりした。

「なに、逃げてんの？」

だって……。どうしよう。まだ自分の気持ちがわかんないのに。

起き上がろうとする私の肩を、社長が押さえ込む。細く見えるけれど、すごい力だ。

「もう我慢しなくてもいいんだな」

社長が唇を寄せてくる。

「あ、ちょっと！」

バタバタともがいたが、呆気なく唇を塞がれた。長くて甘いキス。

この人、こんなふうにキスするんだ。

つい、そのやわらかな感触に身も心も流されそうになった。抵抗が緩むと、社長がスウェットをたくし上げる。無防備な体に熱い手のひらがあたり、私はハッと我に返った。

私、下着つけてない！

「待って、社長！」

私は、思いきり社長を突き飛ばして、がばっと起き上がった。

「……なんだよ」

ベッドの上に尻餅をついた社長が、あきれたような声を出した。

「私、あの……」

乱れたスウェットを引っ張ってなおす。

「あの、社長は私と、その……付き合いたい、そういうことなんですか？」

私は、思いきって尋ねた。

「あ？」

社長が不機嫌そうに首をかしげる。

「社長のお気持ちはうれしくて、でも、社長のことを好きなのかって聞かれたら、よくわからないというか」

「……さっき……」

社長は私を見つめたまま、唖然とした顔をした。

「婚約者じゃなくて、俺を選んだってことじゃないのか？」

「えっと」

しばし考え込む。よくわからない。結婚に乗り気じゃなかったのは、自分でもわかってる。社長のことが気にもなってた。でもそれは単なる『憧れ』かもしれなくて、付き合うってなるとちょっと……こんな遊び慣れた人、いいの？

「わかりません」

私は正直に答えた。

「なんだよ……」

社長が大きなため息をついた。私は申し訳なくて身をすくめる。

「俺が……この俺が、さっきみたいな地味な女を好きだって言ったんだぞ。どんだけ勇気がいったと思うんだよ……」

社長が絶望的だというように顔を覆う。

「すみません」

「俺とキスしたかったって、言ってたじゃないか」

「……女性なら誰でも、そうだと思いますけど。一般論的に」

「一般論……」

社長が再び大きなため息をついた。

「ほんと、すみません。あの……どうしたら」

「わかった」

社長が顔を上げる。

「俺とキスするのは嫌じゃないんだな?」

先ほどのキスが脳裏によみがえり、ボンと顔が熱くなる。

「はあ、まあ……」

面と向かってそう言われると、すごく恥ずかしい。

「俺は自由にキスするから。したいって思ったら、さつきにキスする。さつきもキスしたかったら、すればいい」

「は?」

「今度のゲームは、さつきをキスで落とせるかどうか」

私は信じられない気持ちで、社長の楽しそうな顔を見た。

さっきのような触れるだけのキスは、安心してできた。社長の父親に傷つけられた時、優しく抱きしめてくれた、あの社長と重なる部分があって。

でも今、目の前にいる社長は、私を翻弄して不安にさせる人。

いったい今、私はどの社長と話しているんだろう。

「とりあえず、今、すごくしたいから」

社長はそう言って、ぐいっと私の腕を引っ張った。呆気なく社長の温かな胸の中に転がり込む。心臓がぐるんと一回転するほど、ばくばくと動きだした。シャツの奥から、社長の鼓動が聞こえる。

私の頭を支えて、社長が宣言通りキスをする。

すごく優しいキス。下唇を軽く噛まれて、意識がふっと遠のく感じがした。思わず彼の首に腕を回す。

「俺のことが好きかわからないって言いながら、煽《あお》るんだな」

社長が唇を重ねながら、そうつぶやいた。

「そんな……こと……」

反論しようとしたが、情熱的なキスのせいで言葉が続かない。

「今すぐ抱かせろ」

「……それは、ダメ、です」

私はキスで息が上がり、声が途切れがちになる。それでも一生懸命訴えた。

「ああ、俺、とんでもない堅物女につかまっちゃったな」

そう言って私の唇に軽くキスをすると、楽しそうに笑った。

翌日、私は秘書室の扉を開け、こっそりと顔を覗かせた。

「あっ、長尾さん」

一番に出社していたリカちゃんが、大きな声をあげた。

「あれ？ 有休取るんじゃないんですか？」

手に雑巾を持ちながら、パタパタとこちらに駆け寄ってきた。

「えっと、それがね……退職するの、やめたの」

気まずい気持ちでうつむく。

「ほんと!? じゃあ、結婚は？」

リカちゃんはまん丸の目をさらに大きく開いて、驚いた様子で声をあげた。

「……破談に」

えーっとリカちゃんは悲しそうな顔で叫んだ。

「じゃあ、傷心なんですね」

「まあ、一応……」

昌隆くんを傷つけ、父親との約束を反故《ほご》にしてしまった罪悪感は大きいが、それでもほっとしたというのが本音だった。もちろん、リカちゃんにはとてもじゃないが、言えないけれど。

「個人的には長尾さんが残ってくれるとうれしいけれど、でも手放しで喜べないなあ」

「いろいろ騒がせちゃって、ごめんね」

そう謝って、私は自分の席に座った。

「くしゅん」

座ったとたん、くしゃみをひとつ。

「あれ、風邪ですか?」

リカちゃんが隣から心配そうに覗き込んだ。

「うん、ちょっと」

濡れたまましばらくいたから、軽い風邪を引いたらしい。ちょっとだるいようにも思う。

「薬、ありますよ」と、リカちゃんが自分の引き出しを開けたその時、秘書室の扉が開いた。リカちゃんが慌てて立ち上がる。私もすばやく立ち上がった。

「おはようございます」

「ああ、おはよう」

社長が出社してきた。

いつもと変わらない姿。グレーのスーツにブルーのタイ。銀縁のメガネをかけ、髪も綺麗に整えられている。

神経を尖らせ、冷たいオーラが見えるよう。ずぶ濡れのままキスをしてきた人とは、まるで別人だ。そんなことを考えていると、顔がカアッと熱くなった。その様子を社長に見られたくなくて、必死に平静を装う。

「長尾」

名前を呼ばれて、ビクッと体が動いた。

「退職を取り消してくれて、助かった。ありがとう」

社長はそう言うと、表情ひとつ変えず私の前を通り過ぎる。

「ご迷惑をおかけしました。今後ともどうぞよろしくお願いいたします」

私は深く頭を下げると、社長が扉のところで振り返る。

「誰か風邪薬を持ってないか」

リカちゃんがすばやく「持っております。お持ちしましょうか」と尋ねる。

「ああ、よろしく」

そう言って、社長室へと入っていった。

社長の姿が消えると、秘書室全体にほっとした空気が流れる。

「社長も風邪……ん～？」

リカちゃんが疑るような目で私を見てくる。

「流行ってるのかな？」

私は動揺を隠すように、にこりと微笑んだ。


昨晩は、結局、自分の部屋で寝た。

『鍵を替えたとはいえ、怖いだろう？』

引き止めたそうな社長から後ずさりしながら、玄関で頭を下げた。

『大丈夫ですから。ご心配ありがとうございます』

ひとりでいるのは怖いけれど、社長の部屋にいたら、流されちゃうと思ったから。

あんなキスを繰り返されたら、誰だって……。

秘書室のデスクで軽くため息をつく。再び心臓がどくどくと脈打つのを、深呼吸してなだめようとした。

そこに社長からの内線。思わず一瞬取るのを躊躇する。

「長尾さん？　私取りましょうか？」

リカちゃんが尋ねたので「大丈夫」と言って、私は受話器を持ち上げた。

「長尾、来い」

社長の冷たい声。完全に社長モードの彼の声だ。私は、「はい」と答えると、急いで立ち上がって、社長室へと急いだ。

扉の前で、メガネを整える。足をそろえて、ひとつ深く息を吐きノックした。

「入れ」

社長はデスクの前に座っていた。肘をつき、私を見ている。

「扉を閉めろ」

「はい」

できれば閉めたくなかったが、社長の言う通りにするしかなかった。

社長が銀縁のメガネをその長い指で取り、どっしりとした木のデスクの上に置く。

「こっちにこい」

社長が手招きしたので、私は恐る恐る近づいた。デスクの前に立ち、距離感を保つ。

「御用でしょうか」

社長が私を見上げる。相変わらず綺麗な顔。その唇に視線がいって、思わず顔を赤らめた。

「昨日のこと思い出してるんだろう」

社長がからかうような笑顔で言う。

「業務に関係のないことは、考えておりません」

社長のペースに巻き込まれていることが悔しくて、私はなるべく硬い声で、そう言った。

「昨日は眠れたか？」

「……はい」

そうは言ったが、頭の中でキスされたことが繰り返し再生されるので、まったく眠れなかったというのが本当だ。

「あの部屋は物騒だから、引っ越せ」

「え？」

社長の言葉に私は慌てた。都内に住むとなったら、今の賃料の三倍はかかる。

「大丈夫です。鍵も替えましたし、それに……あの、今引っ越すのは急すぎて……」

「部屋は用意してある」

「でも、家賃が高くて払えないかも」

「心配するな。今日、もう引っ越しの業者が入ってる」

「……はあ？」

社長はそこでニヤリと笑った。それから立ち上がり、私に腕を伸ばす。とっさに一歩下がろうとしたが、すんでのところで捕らえられ、そのまま抱き寄せられた。

「好きな人を心配するのは当然なんだ。いいから甘えてろよ」

体がカーッと熱くなる。社長の香りを嗅ぐと、反射的に頭がぼーっとなるようになってしまった。

社長が私のメガネをはずした。

「キスしたい。しても?」

「……会社です」

「俺は自由にキスをするって、言っただろう?」

それから、私の唇にそっと口づけた。


頭がおかしくなりそう。今日はずっと、社長のキスのことばかり考えていた。

「キスで私を落とすって、本気なんだわ」

私はデスクに肘をつき、両手で頬を押さえる。

あのキスでどれだけの女性を落としてきたのかしら。自分に自信があるっていうのが、いまいましい。いいように翻弄されている自分にもイライラする。あんなふうにされたら、抵抗なんかできるわけがない。

落ちるのも時間の問題……？　いや、ダメだって。そんな流されちゃ。だって、社長は、まだゲームを続行してるだけなんだもの。

私を好きだって言ってくれたときの社長は、信頼できる気がしたんだけどな。でもやっぱり違うのかな……。私が珍しい女だったってだけ、きっと。

私はバクバクし通しの胸を押さえる。

私のこの気持ちも、ちょっと夢見心地ってだけで、憧れで……。真剣に考えちゃダメなんだから。

「長尾さん、熱が上がってきたんじゃないですか？　顔がずっと真っ赤ですけど」

リカちゃんが言うので、「そうかも」とごまかした。

自分でもよくわかってる。今日の私の顔は真っ赤だ。

夜の七時。社長室の扉が開いて、社長が出てくる。

「長尾、出るぞ」

「あの、私は……」

またキスされたら、今度こそ心臓麻痺で死んでしまう。私は尻込みしたが、メガネの奥の社長の瞳が、『それでいいのか？』と言っている。

「外での用事がすんだら、家まで送ってやるぞ」

そうか、新しい部屋に帰らなくちゃいけないんだ。社長がいなければ、場所がわからない。

「すぐに支度します」

私は、慌ててパソコンをシャットダウンした。

「お先に失礼します」

私が頭を下げると、リカちゃんが「お疲れさまでした」と言う。その瞳がなにかを言いたげで、内心気が気じゃない。リカちゃんが気づき始めている。

「社長」

エレベーターの中で、私は思いきって話しかけた。

「なんだ」

「もし、ですよ。もし、私がその……社長とお付き合いしたら、部署異動しなくちゃいけないんですよね」

「まあな。秘書は社内恋愛禁止だから」

社長が肩をすくめる。

「そうですよね」

私はうつむいた。もし本当に付き合うってことにはならなくとも、今のような関係をリカちゃんやほかの役員秘書に知られたら、どう思われるだろう。

私は突然心細くなった。冗談ではすまされない。隣に並ぶこの人は、この会社のトップなのだ。

「もう、落ちた？」

社長が笑ったので、私は勢いよく首を振った。


着いたのは、いつもの社宅だった。

「社長……ここですか」

私はマンションの駐車場で、わけがわからず首をかしげた。

「そうだよ」

社長が車のキーをロックすると、ピピッと駐車場に響く。そのままスタスタとエレベーターへと行ってしまった。私は慌てて後を追う。

ほかの空いている部屋に引っ越したってことなのかしら。

エレベーターに乗り込むと、カードキーをセンサーにかざす。それから最上階のボタンを押した。

「最上階ですか？」

「空いてるから」

ポンと音が鳴って、最上階に着いた。

扉が開くと、緑を含む空気が流れ込む。驚いたことに、そこに屋根はなかった。

「え？　ここ？」

私は呆気にとられて、エレベーターから顔を出した。

社長は軽く笑うと、エレベーターを降りて私に向かって手を差し伸べた。

「おいで、ほら」

私は思わずその手を取る。

小さな木が植えられた庭。そして平屋の一戸建てのようなつくりの部屋があった。

門扉もちゃんとある。そこには『桐田』の表札。

「ここって」

社長の家……？　じゃあなんで下の部屋にわざわざ住んでいるのかしら？

私は空を見上げた。濃紺の空が近い。

「俺の、本当の部屋」

私は社長の少し得意げな顔を見上げた。

「このマンションを建てるときにつくらせたんだ。俺の住むところが欲しくて。でも実際に住むと、俺ひとりには広すぎて落ち着かなかったんだよ」

社長が門扉を開け、中に入る。

「しばらく放っておいたから、今日掃除させたよ。もう荷物も運び込んである」

カードキーをかざして、玄関の扉を開けた。

まるでデザインルームのような玄関。白い大理石と、白い壁。大きな花が生けられていて、私はあまりの豪華さに息をのんだ。

社長はさっさと部屋へ上がっていく。

「あの、社長、ここのお家賃、とても払えません」

想像していた部屋とのギャップに、どうしていいかわからない。目黒の一等地。それにこんな部屋って、家賃はおそらく一ヶ月百五十万ぐらいじゃなかろうか。

「家賃はいらない」

社長がリビングにつながる扉を開く。

「そんなわけにはいきません！　だって、こんなすごいお部屋なのに」

私は社長の背中に向かって声をあげた。

リビングの電気がつくと、穏やかな白熱灯の明かりが全体を照らす。

「いいよ、別に」

社長が振り返りながら言う。

リビングの壁は真っ白で、左手には大きな窓ガラスが設けられていた。そこから夜の東京の明かりが見える。

右手にはカウンター付きのキッチンと、手前に白い革張りソファ。床板からは天然木のいい香りが立ち上り、その奥には白い引き戸の部屋がふたつあった。

その豪華さに立ちすくむ。こんなに素敵な部屋は、テレビや雑誌でしか見たことがなかった。

社長が私の手を引き寄せ、隣に並ばせる。

「俺と一緒に暮らすんだから」

そう言って、私の頬にキスをした。

一緒に暮らす？　私が、社長と？

私が隣を見上げると、冗談を言っている顔ではなかった。

「一緒にって。社長がここに住むんですか？」

「俺の部屋だし」

「じゃあ、私は？」

「だから、ここで俺と住む」

私がぽかんとしている間に、社長はジャケットを脱ぎネクタイを緩める。シャツを腕まくりして、窓を開けた。夜の風がふわーっと部屋を満たす。

「俺の部屋は右。さつきは左。一緒に寝るなら、ベッドを買おう」

風で社長のシャツが膨らみ、前髪が持ち上がる。

私は予想外の展開に、立ち尽くした。この部屋で、社長と同居？

「こんな素敵なお部屋に住んでもいいなんて、本当にありがたい申し出なんですが、一緒に暮らすっていうのは」

「嫌？」

「嫌っていうか、あの……」

付き合ってもいない男女が一緒に暮らすだなんて、それはあまりにも私の身が危険。社長がさっと手を伸ばして、私の腰を引き寄せた。表情をうかがうように顔を近づける。

「ここは、カードキーのない奴は絶対に入れない。もう怖い思いをしなくてすむ。それに」

私の額に唇を寄せると、彼の温かな呼気を感じて、体が震えた。

「キスしたいって思ったとき、すぐにできる。ほら今も」

私の体が浮いてしまうぐらい、強く抱き寄せる。

「したくてたまらない」

熱っぽくささやき、社長が唇を寄せた。あっという間に、気持ちが流される。抵抗する間もない。ほんの少しの戸惑いを残しながらも、キスのその先を想像させる、そんな口づけ。

「……社長、どうしてこんな」

繰り返されるキスの熱に浮かされ、ぼんやりとしたまま尋ねた。

「さっきが好きなんだ。ほかにどんな理由がある？」

『好き』と聞くと、とくんと胸が鳴る。大切にされてるんじゃないかと思いたくなる。

社長は慣れた手で、私の結わえた髪をほどき、耳のうしろに指を這わせた。誰をも酔わせられるキス。すごくうまい。きっと社長は、たくさんの女性を酔わせてきた。

私はぐいっと腕で社長を押しのけた。

「きっと勘違いです」

社長を見上げた。メガネの奥の綺麗な瞳を見つめる。

「誰かに取られそうになったから、慌てただけ。だいたい、私のどこが好きなんです？　言えないでしょう？」

私は意地悪な質問を社長に投げかけた。答えられるわけがない。

社長はちょっと驚いたような表情をして、それから私を抱く腕を緩めた。

「どこが好きかって言われると、わかんないなあ」

「……でしょう？」

私はそら見たことかと、勢いよく言った。

社長はソファに腰を下ろし、長い足を組む。それからメガネを取って、背もたれに腕を伸ばした。

「でも、いつでも、さっきのことを考えてる。ずっと頭の中にいて、気になって仕方がない。女とキスするなんて、遊びのひとつでしかなかったけれど、今はさっきとしかキスしたくない。本当は会社でも」

社長がシャツのボタンをはずし、髪をかき上げる。

「ずっと触れていたい」

そう言って私を見上げた。

「これは、好きってことじゃないの？」

その声に、言葉に、嫌が応でも体が熱を持つ。社長が自分を好きだなんて、少しも納得していないのに、つい本気にしてしまいそうになる、その真剣な眼差し。

今目の前にいるのは、ビジネスの社長か、プライベートの社長か。ビジネスの社長なら、こんなに温かな視線をもらえない。プライベートの社長なら、人をその気にさせるための演技。

わからない。もしかしたら、まったく違う誰かなのかも……。

「……きっと、すぐに覚めます」

「そうかな」

「そうです」

社長は「ふうん」とつぶやき、それから少し笑った。

「な、なんです？」

私は乱れた髪を手で押さえながら、ちょっと喧嘩腰に尋ねた。

「いや、俺もどうかしてるな、と思って。こんな頑固で俺になびかない女を、本気で落とそうとしてる」

社長がおもむろに立ち上がった。私は驚いて一歩下がる。

社長が私の手を取って、手のひらにキスをした。

「今にさつきも本当は俺が好きだって気づかせるから」

それから魅力的に笑って、左手の窓に沿って続く廊下を歩きだした。

「シャワー浴びてくる。部屋でも見てれば。ここを出ていくって言っても、行かせないよ」

社長は振り返らず手を上げた。廊下の奥でバタンと扉の閉まる音がする。

私はそれを合図に、がくっと力が抜けてソファに座り込んだ。社長が脱ぎ捨てたジャケットが手に触れる。

「身が持たない」

大きく息をひとつ吐いた。これからずっと一緒に過ごすの？　あの、雑誌から出てきたみたいな、超絶綺麗な男性と？　『好きだ』ってキスされて？

「そんなの落ちないわけがないじゃない。惑わさないでほしいなあ、もう！」

私は頬を膨らませた。


それから私はとりあえず気を取りなおし、自分の部屋だと言われた扉を開けた。

十五畳ほどの広さの部屋に、前の部屋から持ってきた家具が入れられていた。天窓が空いていて、そこから星が見える。

「わあ、素敵」

私は窓を見上げ、思わず声をあげた。でも、自分の持ち物と部屋のつくりがあまりにもちぐはぐで、私は少し恥ずかしくなった。

『ベッドを買おう』

社長の言葉が突然思い出され、勢いよく首を振る。

「いや、違うから。勘違いだから」

私はぶつぶつと独り言を言いながら、ベッドの上に座った。

目の前には、社長の部屋があるほうの壁。何枚かの板が連なっているように見える。なんだか違和感を覚え、目を凝らす。

ん？　これって、ただの引き戸じゃない？

私は立ち上がり、恐る恐る壁に手を触れた。かたんと小さな音を立てて、壁の一枚が動く。やっぱりこれは引き戸だった。上を見ると、天井にたくさんレールが敷かれていて、どうやら扉を動かすことにより自由にレイアウトできるらしい。

「鍵がかからないってこと……まずい、やっぱりここには住めない」

私は慌てて部屋を飛び出したが。

「きゃあ」

社長の素肌が目に飛び込んできた。

「さつきもシャワーを浴びれば」

リビングの真ん中で、ペットボトルの水を飲んでいる。グレーのジャージに上半身裸。湿った黒髪。首からバスタオルをかけている。

「服着てくださいっ」

壮絶な色気を醸し出すその姿に、思わず大きな声で叫んだ。

「着てるだろ。一応これでも気を使ってんだ」

社長はフンと鼻を鳴らし、まったくこちらを気にする様子もない。

「上も着てくださいっ」

「暑いから、やだよ」

社長がまじまじと私を見る。それから「出てくのか？」と尋ねた。

私は社長の上半身を見ないよう、視線を天井に向けながら「はい」と答えた。

「なんで」

「部屋に鍵がかかりません」

「別にいいだろ」

社長は少しも気にしていないといった感じで、気軽に言う。

「よくないです。プライバシーが……」

社長が笑う声が聞こえた。

「笑いごとじゃなくてっ」

少しも取り合ってくれない社長にイライラを募らせた私は、思わず大きな声を出した。

「いや、寝込みを襲うことはしないから、安心しろよ」

どの口がそんなことを……。

私は思いきって社長に目を向ける。

「信じられないです」

社長は肩をすくめる。

「約束するよ。ソウイウコトするときは、合意がないと気持ちよくないから」

顔が熱くなった。

「だいたい、ここを出てどうするんだ？　ホテルに連泊ってわけにもいかないだろう？」

私はうつむく。たしかにどこに行ったらいいかわからない。

「お前が『うん』と言わなきゃ、手は出さない。大丈夫だよ」

いつの間にか社長がそばにいて、私の頭をなでる。

「心配させないでくれ。もうあんなふうに怖い思いをするのは嫌だろう？　ここにいれば絶対に大丈夫だから」

「……はい」

私は思わずうなずいた。社長が本当に心配してくれているのが、なんとなくわかったから。

「シャワー浴びてこいよ。明日も仕事だから」

私は素直に社長の声に従った。

これまた高級ホテルのようなシャワールーム。細かな白いタイルが敷きつめられている清潔な空間。ここはとりあえず鍵がかかる。私はしっかりと鍵をかけ服を脱いだ。

熱いシャワーを浴びながら考える。

自分が今どうしてここにいるのか、どうしても理解できない。社長の好意が本物だと、私は信じきれていないのに。

今だって、社長は私をキスで落とすっていう、ゲームを楽しんでいるに違いない。

でも時折見せる、私を大切にしてくれているんだっていう、あの表情が本物だって確信できたら、私はきっとこんなに躊躇していないんだろうな。

シャワーを浴びて化粧を落とすと、なんだか無防備で落ち着かなかった。蒸気で曇った大きな鏡を、手のひらでぬぐう。自分の顔を見て首をひねった。

「本当に、どこをどう気に入ったっていうんだろう」

濡れた髪のままバスルームを出ると、すぐに違和感に気づいた。

「おかえり」

ソファに座る社長が、パソコンを膝の上にのせている。

「社長、あの、これ」

私は信じられない気持ちで、部屋を見回した。

「いいだろ〜、広くなった」

社長が満足そうな笑みを浮かべる。

「よく、ありませんっ! 壁、どこいっちゃったんですか⁉」

私は声を張り上げた。私と社長の部屋を仕切っていた壁が、すべて消えていた。よく見ると全部奥に寄せてある。

「手は出さないって約束したんだから、いいじゃないか」

「そんな……」

私はため息をついた。壁は可動式だからすぐに戻せるけれど、それでもやっぱりすぐにまた社長が壁を取ってしまうだろう。

社長ががっくりと肩を落としている私の前に立つ。それから私の顎を指でくいっと持ち上げた。

「手は出さないって言ったけど、キスは自由」

そう言って顔を近づけた。

心臓が破裂する。顎に優しく添えられた骨ばった指に、なぜかもどかしい気持ちになった。もっと奪うみたいにキスしてくれてもいいのに——突然そんなことを考えて、私は我に返った。顔が火照るのを感じる。

そんな私を見てか、キス直前で社長が微笑んだ気配がした。

「ドキドキしてる？　胸の音が聞こえるよ」

焦らすように、鼻先だけつける。私は社長の視線をまともに返せない。ぎゅっと目をつむる。

「さつきはどんなキスが好き？」

社長の声って、どうしてこんなに低くて甘いんだろう。耳の奥から痺れるみたいに、体中に響く。

私の顎から指がはずれ、下唇に移る。

「俺が好きなのは」

社長がささやく。私の胸は震え、期待と恥じらいでいっぱいになっている。指が、私の唇をわざと開かせるように、軽く押し下げた。

「こうやって、まだかたくなな唇を優しく開いて、押し入るみたいにするキス、かな」

予告通りに、唇が触れる。私に押し入って、頭を内側からとろけさせる。

「ん……」

思わず出したことのないような声が出て、私は恥ずかしさで身を引こうとした。けれど社長の腕が再び私の腰を引き寄せる。

社長はどんどん大胆になり、私を食い尽くそうとするかのように舌を分け入らせた。

「しゃ、社長……もう……」

足に力が入らない。がくんと体が下がると、社長は腕で抱きとめた。目を開くと、社長が妖しい笑みを浮かべてこちらを見ていた。社長の唇が濡れて光っている。

「もう終わり？」

社長が余裕たっぷりに尋ねる。

「……勘弁してください」

私は震える声でそうお願いした。

本当の姿

社長と同居を始めてから、まったく眠れない。

デスクでメガネをはずして目をこする。大きなあくびを噛み殺すのに苦労した。

「長尾さん、お疲れですね」

リカちゃんが名刺整理をしながら声をかけてきた。

「ごめんね、しっかりしなくちゃ」

私は背筋を伸ばし、パソコンに向かった。

お昼の暖かな日差し。社長はランチミーティングに出ていて、秘書室全体にのどかな空気が漂っている。

「長尾さんいろいろありましたもの。今日は早く帰ってくださいね。社長が残っていても、私がいますから」

リカちゃんはにっこりと笑った。

家に帰ると、余計休まらないのよね。

私は心の中でため息をついた。最近夜はずっと、隣のベッドで眠る社長の布団が、規則正しく上下するのを見つめ続けている。とても眠るなんてできない。緊張で気持ち悪くなりそうだった。

その一方で、隣の社長はぐっすり寝ている。濃厚なキスをしかけてくるくせに、私が横で寝ているのに見向きもしない。いや、向かれちゃ困るんだけど。

毎朝、天窓から見える空が白み始めると、私はそっとベッドから出て、社長が目を開ける前に部屋を出る。

だって、どうしたらいいか、わからないもの。

けれど、社長はいつもと変わらない、冷たいオーラ満載で出社する。どこにも乱れがないのだ。私ばっかり翻弄されて、腹立たしい。

そんなことを考えていると、秘書室の扉が開く音が聞こえた。

「こんにちは」

扉のところに、社長のお兄さんが立っていた。ストライプのスーツに青いシャツ。爽やかな出で立ちだ。

「申し訳ありません。御用でしたら受付のほうへお願いできますでしょうか。ご案内いたします」

リカちゃんが立ち上がり歩きだすのを、お兄さんが手で制止する。

「いや。僕は桐田和茂の兄でね。弟に会いにちょっと寄ってみたんだよ。長尾さん、いるかな、あいつ」

整った顔で優しく笑いかける。

「いえ、ただ今社長はお出かけでして、お戻りは三時となっております」

「そうか。ランチにでも行こうかと思ったけど」

「申し訳ありません」

私は頭を下げた。

「いや、なんの連絡もなく来たこっちが悪いんだよ」

お兄さんは微笑み、それから私の顔を見る。

「長尾さん、お昼すんだ?」

「いえ、まだです」

「じゃあ、ランチ付き合ってもらってもいいかな。ひとりじゃ寂しくて」

リカちゃんのほうを見て「長尾さんが休憩しても大丈夫?」と尋ねる。

「もちろんです」

リカちゃんはうなずいた。

「じゃあすみません、先にお昼いただきます」

私はリカちゃんに軽く頭を下げ、バッグを手に取り立ち上がった。

お兄さんが扉を開けて「どうぞ」と私を促す。私は恐縮しながら秘書室を後にした。

正直、お兄さんとなにを話していいかわからない。私のことを婚約者だと思っているからランチに誘ってくれたのだ。でも、そんなにうまく自分は『恋人役』を演技できるだろうか。

近くのイタリアンに入った。地下へと下る細い階段を下りると、広いスペースにゆったりとできそうなテーブル席がいくつも配置されていた。

有名シェフの経営する本格派イタリアンの姉妹店で、リーズナブルな値段でランチコースを出してくれる。テレビや雑誌などでは見たことがあるけれど、私にはなんだか格式が高いようで入ったことがなかった。

一番奥のソファ席に通された。

「このコースでいいかな。嫌いなものはない？」

「はい」

お兄さんは慣れた様子で注文した。

この兄弟は似ているようで、似ていない。もちろん顔つきはとても似ている。中性的な美しいフェイスライン。なんでも見透かしてしまいそうな、賢そうな瞳。ふたりともとてもモテるだろうし、女性の扱いもうまい。けれどお兄さんは、社長と違って誠意があるように見えた。根っこに誠実さが見える。

私は手持ち無沙汰をごまかすように、グラスの水に口をつけた。

「長尾さん。先日は、父が失礼なことを言ったようで、申し訳なかった」

お兄さんが頭を下げたので、私は慌てた。

「大丈夫です。頭を上げてください」

「いや、弟のその場しのぎの嘘に付き合ってもらったのに、ひどく不快な思いをさせてしまった。身内の失礼を謝らせてください」

私は「え？」と驚いた。お兄さんは私が嘘の婚約者だということを知っているのだ。

「ご存じだったんですか」

「まあね。だってあの日、長尾さんの笑顔は引きつってましたよ」

お兄さんがおかしそうに笑う。

私の顔が恥ずかしさで赤くなる。この人に嘘はつけない気がしていた。

「弟もすぐに白状していました。なんでも長尾さんには本当の婚約者がいるとかで」

お兄さんが言うと、私は目を伏せた。

「ちょっと事情がありまして……」

お兄さんの顔が曇り、心配そうに私に尋ねる。

「まさか、弟のせいで問題が起きたんじゃ?」

「もともと、あまり乗り気ではなかったんです」

私はそれ否定せず、曖昧に微笑んだ。

「弟は、自分の影響力を考えず、気軽に口を出すんだ」

お兄さんが小さくため息をついた。

私の頭に、ずぶ濡れでキスをしてきた社長が浮かんだ。『気軽』と言うには、真剣すぎる気もする。

「いいんです。社長が忠告してくださったおかげで、なんていうか、後悔するような選択をせずにすみました」

「だって、それで長尾さんの人生が変わってしまったんだよ」

お兄さんは本当に腹を立てているようだ。口調に厳しさが混じる。なんだか社長に申し訳ないような気持ちがしてきた。

「社長はよくしてくださっています」

私は思わずきっぱりとした口調でそう言った。

お兄さんが少し面食らったような顔をした。それから「もしかして」と続ける。

「もしかして、長尾さんは弟に惹かれている？」

顔にカッと血が上る。思わず首を振った。

お兄さんの視線が突き刺さる。この人には心の奥を見透かされる。私は動揺して、再びグラスの水を飲んだ。

「長尾さん」

声に慎重な響きが混じっている。

「あいつには、期待しないほうがいい」

私は顔を上げた。とても心配そうな表情をしたお兄さんが目の前にいる。

「僕はこれまで、あいつが女性に真剣に向き合ったのを見たことがない。酷なようだけれど、長尾さんに対するちょっかいも遊びのひとつでしかないと思うよ」

お兄さんが申し訳なさそうな顔をする。

「長尾さんを婚約者だって僕に紹介したことからもわかるだろう？　あいつはその場しのぎでなんとかしようとするタイプなんだ。飄々として、奔放で、なにかにとらわれることなんかない」

「会社ではとても冷静で、的確な判断もご指示もありますし、ごまかしたりは絶対にしませんけれど」

　お兄さんの言葉は自分の懸念通りの内容ではあったけれど、会社での仕事ぶりや時たま私に見せるふとした優しい表情や言葉まで否定される気がして、無意識に語調が強くなる。

「本当になんで会社経営なんかできてるんだろうな。不思議だよ」

　お兄さんがあきれたように笑った。

「あいつみたいに生きられればよかったのにって、思うときもあるよ。僕はやっぱり長男気質で、家や親、世間体に縛られているんだ。正直言うと、あいつがうらやましいよ」

「わかります」

　私は思わず同意した。親の期待を裏切れず、ずるずると婚約し続けていた自分と重なる。

「こんな言い方して申し訳ないけれど、あいつに振り回されないで。長尾さんが悲しい思いをすることになる」

　お兄さんは本当に心配してくれているのだろう。私は複雑な気持ちだった。

　食事を終えて、レストランを出た。日差しがきつい。私がまぶしさに顔をしかめると、お兄さんが「こっち」と陰のほうへ私の腕をそっと引っ張った。

「ありがとうございます」

「暑いよね」

お兄さんはにっこりと微笑んで、自分は日向を歩きだした。

すべてがスマートでさりげない。顔は社長とそっくりなのに、とても心が穏やかで安心する。

『振り回されないで』

お兄さんの言葉がよみがえった。すでに十分に振り回されている。社長にちょっかいを出されてからの私は、いつも落ち着かなくて慌てていて、疲れていた。社長の告白も信じることができない。

彼のアイデンティティーは、どこか現実味がない。

「長尾さんは、転職を考えたりしない？」

「え？」

その言葉に驚いて、思わず立ち止まった。

「転職。弟と縁を切りたいのなら、転職するしかないだろうと思って」

――縁を切る。

その言葉に胸がずんと重くなる。

「いえ、考えていません」

私は無意識にそう答えていた。

「もし、弟が迷惑をかけていて、本当に逃げたいと思うのなら、僕はいくらでも職を紹介できるよ。なんなら、僕の秘書として働いてくれてもかまわない。来月末で、秘書のひとりが産休に入るんだよ」

お兄さんがポケットから名刺を取り出し、私に手渡した。

「その気があるなら、考えてみて」

私はその名刺をしばらく眺め、「……ありがとうございます」と言ってからジャケットのポケットにしまった。


会社のビルが視界に入ってきた。

「今日は付き合ってくれて、どうもありがとう」

「いえ、こちらこそご心配いただきまして、ありがとうございました」

私は丁寧にお辞儀をした。

「今日はなにか社長にお話があっていらしたんじゃないんですか？　ご伝言を承りま

すが」

お兄さんは笑いながら言う。

「いいや、長尾さんに会いに来たんだ。あいつがいないことは知ってたよ。長尾さんが心配でね」

それは本当に優しい笑顔だった。落ち着いていて、安心感がある。社長もこんなふうに穏やかに微笑んでくれたら……。

——とくん。

私の心臓が、ひとつ脈打った。

この人はきっと、パートナーを幸せにする人だろう。社長とは、まるで別人。

「じゃあ……」

お兄さんは言いかけたが、そのまま私のうしろを見て、口をつぐんだ。

振り返ると静かに社長が立っている。逆光でよく、わからないが笑っていないように見える。むしろ少し怒っている気がするぐらいだ。

「おかえりなさいませ」

私はとっさに頭を下げた。

「ああ」と社長が低い声で答え、それからお兄さんを見た。

「珍しい。来てたのか」

「ちょっとな」

私は首をかしげた。ふたりの間には、この間とは打って変わって、どことなくピリピリした空気が漂う。

「上がれよ。コーヒーでも飲んでいけば？」

社長がポケットに手を入れたまま、エレベーターのほうへと顎で促す。

「じゃあ、寄るかな」

お兄さんは笑顔を崩さず、社長に従い歩きだした。私もうしろから、ふたりを追って歩きだした。

秘書室に入ると、いっせいに「おかえりなさいませ」と秘書が頭を下げる。

「長尾、コーヒーをふたつ。しばらく電話は取り次ぐな」

「かしこまりました」

お兄さんは「ありがとう」と私に微笑む。社長の横顔は相変わらず厳しく、その対比が不思議だった。

社長室の扉がパタンと閉まると、秘書たちになんともうれしそうな表情がいっせいに浮かんだ。リカちゃんが「やばい」と小声でしゃべりかけてきた。

「やばいですよ。あのふたり。並んだら、すごい破壊力」

「そう？」

私は曖昧に笑って、コーヒーの支度をするため秘書室を出た。たしかにふたりが並ぶとまるで映画のワンシーンようだった。自分は観客で、遠くから眺めているような気分になる。けれど私が気になるのは、ふたりの間に流れる空気だ。

先日の食事会の席では、仲のいい様子に見えたのに、今日はまったく違った。

喧嘩でもしたのかしら。

私はカップをトレーに並べながら考えた。


ノックを二回。

「失礼いたします」と声をかけ、コーヒーをのせたトレーを持って社長室へ入る。

すると、すぐにその険悪なムードに気がついた。私が入ってきたので、双方が口をつぐんだというような沈黙。

膝をついて、ガラステーブルにコーヒーを置く。

「ありがとう」

お兄さんは丁寧に声をかけてくれた。それだけでこちらの緊張も少し緩む。

「さつきと今、一緒に暮らしてる」

唐突に、社長が口を開いた。

は⁉　突然なんでそんなこと報告してるの？

社長の横顔に、非難の視線を投げる。

すると、お兄さんが眉を上げた。

「本当か？」

私はその場を取りつくろおうと、必死になる。

「あの、マンションのお部屋に不法侵入者がいて。だから、社長がご親切に……一時的に、なんです」

「ちょっかい出すにも、ほどがあるぞ。お前が彼女の結婚を破談にさせたみたいじゃないか」

お兄さんの顔に静かな怒りが滲むのがわかった。

社長の顔からも、すうっと感情が抜ける。代わりに冷たいオーラが流れ出て、足もとにどんどんたまり始めた。よどんだ冷気が、足から這い上がってくる気がする。

社長は背もたれに体を預け、足を組みなおした。目を細めてお兄さんを眺める。

「彼女を俺のものにするんだ。タケには関係ないだろう？」

「カズ、お前……」

私は激しく慌てた。なんでこんなにいがみ合ってるの⁉

「社長はこう言ってらっしゃるだけで、全部冗談なんです」

私はお兄さんに向かって訴えた。少なくとも社長に言うよりも、話が通じそうだ。

「長尾」

その声音に、瞬間的にひやっとする。しばらく聞いていなかった、社長が私を諫める声音。

「君の仕事は終わった。出ていけ」

私に甘いキスをしたその顔で、激しく私を排除する。

「し、失礼いたしました」

私は急いで頭を下げて、逃げるように社長室を出た。

ドキドキしている。これはときめきの鼓動ではない。恐怖の鼓動。

私は給湯室に戻ると、心臓をなだめるために深呼吸する。ふたつの両極端な顔を見せる社長に対して、不安が膨らんでいくのを止めることができなかった。

終業後、社長は当然のことのように私を連れて車に乗った。

秘書としての二年間、私はずっとビジネスの場にいる社長を見てきた。今日社長が私に見せた拒絶は、これまでの二年間で何度も経験したことだった。

でもどうして今こんなに、あの拒絶にダメージを受けているのか。

運転席に座る社長をちらっと見上げると、社長にもこちらの緊張が伝わっているのか、微妙な面持ちだ。

この状態で一晩、あの部屋でふたりきりなんて耐えられない。

「スーパーに寄っていただけますか?」

私はわざと明るい声を出した。

「なんで?」

社長の声に、微かにプライベートの調子が入る。

「だって、夕ご飯どうするんですか?　冷蔵庫は空っぽですよね」

「なに?　さつきが作るの?」

ほぐれてきた緊張の糸。社長の頬に安堵のような緩みが見えた。

「社長はどこかへ食べに行かれますか?」

「お前が作るのに、行くわけないだろう?」

「……そう、ですよね」

はぁとため息をついてみせる。社長にだんだんといつもの調子が戻ってきた。

「ため息つくなよ。傷つくなぁ」

社長が困ったように笑う。

「冷蔵庫には、いろいろ入ってる。日中、家事サービスが入ってるから、適当に入れてもらってるんだ」

「そうですか……贅沢ですね」

こういうとき、やはり私の生きる世界とは別の次元にいる人なんだなと、痛感する。家事は通常自分自身でやるものだから。

「じゃあ、なにか作りますね。私の手料理でよければ」

そう言って、私はそれからの時間を頭の中で今日の献立を考えることに費やした。


帰宅後、着替えるときは壁をつくってくれるが、それでも落ち着かない。この壁のすぐ向こう側で、社長も着替えているのかと思うと不安で、猛スピードで着替えた。

扉を開けてリビングに出ると、社長はキッチンに立って、冷蔵庫を覗いていた。

「なに作ってくれんの?」

社長は冷蔵庫からビールを取り出すと、プシュッとタブを開け、ごくごくと飲み干した。スーツからジャージに着替えると、他を寄せつけないオーラが消える。その代わり、遊び慣れてお調子者の、まさしく「次男」といった感じの社長が現れるのだ。

「なにがありますか？」

私は、またキスされないように少し警戒しながら、冷蔵庫のそばに寄る。

「なんでもあるよ。俺、リクエストしてもいいの？」

社長が尋ねる。

「……いいですよ」

私は身をかがめて冷蔵庫を覗いた。

「じゃあさ」

社長も私のそばにしゃがんだ。一気に社長の綺麗な顔が近づいて、思わず身を引く。

社長が私を横目で見た。

「なんだよ、逃げんなよ」

「だって」

ひょいっと、社長が軽くキスする。その不意打ちに思わず固まる。

「こんなことされるって思ってんの？」

冷蔵庫からの冷気に囲まれていても、噴火するみたいに自分の体温が上がったのがわかった。

「さつきはかわいいな」

うれしそうに笑って、社長は冷蔵庫の中から一粒のブドウを取り出した。

「うまそ」

「洗いましょうか」

私はブドウを受け取るとシンクで洗い、依然として冷蔵庫の前で座り込んでいる社長に差し出した。

「むいてよ」と、社長が甘えたように言う。

「そんなの、自分でやってくださいよ」

「俺、不器用なんだ」

不器用って……そうは見えないけど。私は解せないながらも、言われた通りブドウの皮をむく。新鮮なブドウだ。むいたとたんに甘い香りが広がり、私の指から手のひら、肘にかけて果汁がしたたった。

「お皿必要でしたね」

慌てて立ち上がろうとしたとたん、社長が果汁で濡れた私の手首を取った。

「いい、このままで」

社長は私の指先から、ブドウを食べた。そのまま指を舐め、したたった果汁を舌で追いかける。その官能的な仕草に、私は息を止めた。手首に社長のざらつく舌が這うのを感じる。

「やめて……くだ」

声が喉に絡む。感じたことのない感覚が、体の中心をゾワゾワと這い上がってくる気がした。黒い前髪の隙間から、社長がこちらを艶めいた色の瞳で見つめる。

「どうして？　さっきにキスしたいんだよ」

社長の唇はそのまま腕を伝って、袖をたくし上げ、二の腕の内側まで。

「ああ、行き止まりだ。残念」

そこでニコッと笑った。先ほどまでの艶かしい雰囲気から一転、その笑顔は信じられないくらいに愛くるしい。

「このまま脱がせて、もっと奥までキスしてもいいんだけどな」

「しなくていいですっ！」

心臓のリズムがおかしい。不整脈のようになっている。

もう……本当に、私を殺すつもりかしら……。

「なんでこんなことするんですか」

「だって、さつきを落としたいんだよ。チャンスは有効に使わなくちゃ」

私の動揺とは対照的に、社長は飄々としている。この余裕が腹立たしい。

「どいてくださいっ。お料理しますから」

「はいはい」

社長は立ち上がり、再びビールを口につける。

「手伝う？」

社長が私を見下ろし、尋ねる。

「むしろじっとして、なにもしないでください」

私がそう言うと、社長は肩をすくめてキッチンから出ていった。


キッチンには本当になんでもあった。私は冷蔵庫にあった豆腐とひき肉を使って、麻婆豆腐を作り始めた。ご飯と、スープと、ちょっとしたフルーツも添えて。

社長はその間、リビングの床に座り込み、自分の部屋から持ってきた、粘土細工の人形をひたすらいじっている。ちょっとポーズをつけると、いろんな角度から眺めて、またちょっとポーズを変える。

すごい集中力だ。ひと言もしゃべらない。会社では見ることのできない姿。まるで少年のような瞳で、真剣に動かしている。

私はダイニングテーブルに夕食を並べると「社長」と声をかけた。

社長は振り向かない。聞こえないんだろうか。

「社長、ご飯できました」

それでもまだ振り向かない。私は痺れを切らして、社長のそばにしゃがみ込んだ。

「社長？　ご飯できましたよ」

「……ん？」

やっと社長が顔を上げた。私の顔を見ると「あ、飯か」とつぶやいた。社長は名残おしそうに人形を見ながらも、素直にダイニングに座った。

「お、うまそう」

「どうぞ。召し上がってください」

社長は箸を手に取った。

「人形でなにをしてらっしゃるんですか？」

あまりにも熱心なので、思わず尋ねた。

「クレイアニメーションってわかる？」

ご飯を頬張りながら、社長が言った。

「粘土をちょっとずつ動かして撮るアニメですよね」

「そうそう」

社長は「うまいなこれ」と言いながら、話を続ける。

「俺、アニメを撮って、ネットに上げてるんだ」

「そうなんですね。知らなかったです」

私の頭に、社長のパソコンで繰り返し再生されていた、ストップモーションアニメが浮かんだ。

「大学時代にハマって。こんな映像を創って暮らしていけたらなあって思った」

「……だから、映像制作会社を興されたんですか？」

「うん、まあ、そうなんだけど。ちっちゃな会社でよかったんだよな。気の合う奴と一緒に、採算度外視でさ。でもいつの間にか、こんな会社になっちゃった」

社長が口を尖らせる。

「社長業を始めると、結局俺がやりたいことはほとんどできない。周りは自分より年上ばかりだから、馬鹿にされないように気を張って……。でもみなの怯えたような顔を見続けるのも、しんどいときがあるかな」

ああ、そうか。だからあんなふうに振る舞ってるんだ。じゃあ、会社での社長を、意図的に演じているってこと？

「……だから、会社ではあんなに厳しいんですね。ほんとは、こんな感じなのに」

「こんな感じって、どんなだよ」

社長が笑う。

ちょっとほっとしている自分がいる。社長というアイデンティティーの輪郭が、少し見えたような気がした。

「社長はすごく魅力的です。無理に厳しい顔をしなくても、みんなついていくと思いますけど」

私が言うと、社長が箸を止めて目を丸くする。

「さっきが初めて、俺を褒めた」

「……そう、ですか？」

心からの言葉だったので、急激に気恥ずかしくなる。

続けて社長は口もとに笑みを残しながら言った。

「親父が『お前は周りから舐められるぞ』って言ったんだよ。だから、適当な俺は会社では絶対に見せない」

いつも氷の鎧を身にまとい、本当の自分を隠してる。頭が切れて、優秀で、なんでも持っているように見えるけれど、本当は複雑な人なのかもしれない。

「ああ、そうだ」

社長が声をあげた。

「タケが来たときに、さつきの身辺調査が始まったって聞いたんだ」

「……え？」

私はどういうことを意味しているのかわからず、首をかしげる。

「親父が結婚を急いでて、さつきを調べだしたんだ。まあいつものことなんだけどさ」

私の心に、嫌なもやもやが広がってくる。あの父親に言われた言葉がよみがえってきた。

「タケは『長尾さんを巻き込むのは許せない』って憤ってたけど。大丈夫、さつきと結婚するつもりはないんだから。親父が空回りするだけだよ」

社長が、まるで今日の天気の話をするような気軽さでそう言った。

「偽の婚約者だ。もう親父と会わせたりしないから安心して」

私だって別に社長と結婚したいわけじゃない。だいたい、好きかどうかもわからないもの。でも、その言葉は思いのほかズシンと重く、私の胸に落ちた。

「……いつまで、こんな嘘をつき続けるおつもりですか？」

社長はきょとんとした顔をして、それから肩をすくめた。

「わかんないな。親父があきらめるまで？」

「前にも……」

つい口に出してしまったけれど、言いよどんでしまう。社長は箸を置き、肘をついて私を眺めた。

「なに？」

「前にも、こういうふうに、偽の婚約者を紹介したことがあるんですか？」

社長はちらっと天井を見上げ、それから「ないよ」と言った。

『あの女の二の舞は困るんだ』

横暴な社長の父親が言ってた言葉がよみがえる。あれはいったいどういうことなんだろう。

「じゃあ、本当に婚約した人がいたとか」

「いないけど」

私は混乱した。じゃあ、あの女って誰なの？

「なんだよ。別にどうでもいいことだろう？」

社長はしきりに首をひねっている。私は箸を置くと、真正面から社長を見つめた。

「先日お父様が『あの女の二の舞は困る』っておっしゃってたから、てっきり前にも似たような人がいて、嘘がバレたのかと思って」

社長の表情が、驚いたように変わる。それからなんだかうれしそうに、頬に笑みを浮かべた。

「ああ、それか。兄貴の奥さんのことだよ。さつき、なんでそんなに気にしてんの？もしかして嫉妬とか」

「ち、違います」

私は慌てて首を横に振った。

「親父は世継ぎが早く欲しいんだよ。でも美麻《みま》に子どもができなくてね。結局離婚させられた」

「離婚させられた⁉」

思わず驚いて大きな声を出した。

「そんな……ひどい」

私が言うと、社長は乾いた声で笑った。

「あの家は、そんな家。兄貴も真面目だから、なんとか親父を説得しようとしたみたいだけど、まあ無理だよな。美麻はつらそうでね。だから俺は美麻に『逃げろ』って言ったんだ。『こんなくだらない家に縛られることない。さっさと離婚して自由になったほうがいい』って」

「……お兄さんは、さぞショックだったでしょうね」

お兄さんの紳士的な笑顔が目に浮かんだ。きっとすごく悩んだに違いない。

「まああいつは、もう二度と結婚しないだろうな。美麻にベタ惚れだったから。美麻は最初俺といたのに、横から来てさっと奪ってったんだよ」

社長が楽しそうに笑う。

「控えめな男が、よくまああんなに情熱的になったなって、驚いた」

「……元カノだったんですか？ じゃあ、社長もおつらかったですよね」

私が言うと、社長は「別に」と気のない返事をして、後を続ける。

「まあ、美麻が離婚したときはかわいそうだと思ったけど。別に兄貴に取られたときはなんとも思わなかった。元カノといっても、付き合ってると明言してたわけじゃないから」

あまりにも社長があっけらかんと言うので、私は思わずしかめっ面になった。

「やっぱりひどいですよね、社長って」

「向こうも俺がどういうふうに思ってるか知ってて、それでもいいって隣にいたんだ」

「……でも彼女は真剣に好きだったのかも」

私が言うと、社長が「そんなわけないって。俺は誰とも付き合わないって最初に言ったんだから」と言った。

私は腹立たしさを抑えて立ち上がると、食器を片づけ始める。すると社長も一緒に立ち上がり、後片づけを手伝おうとした。

「お兄さんは身をもってよくご存じだから、私に忠告をくださったんですね」

私は水道のレバーを上げて勢いよく水を流すと、お茶碗を洗い始める。

冷蔵庫を開けていた社長が振り返った。

「……あいつ、なんて言ったんだ？」

「社長は『女性に本気になったところを見たことがない』って。だから『振り回されるな、離れたほうがいい』っておっしゃってました」

――バアンッ。

冷蔵庫を閉めるその大きな音に、私は思わずビクッと体が動いた。振り返ると、社長が冷たい瞳で私を見ていた。白いTシャツにジャージという格好なのに、メガネもかけていないのに、そのオーラは痺れるほど冷たくて、私は動けなくなってしまった。

「兄貴は善人面でアドバイスする癖がある。いい迷惑だ」

「……そんなこと……」

言葉が続かない。私の心臓が冷えすぎて動作不良を起こしていた。

社長は本気で怒っている。

社長が腕を伸ばしたので、とっさに身を反らせる。でも社長は私をつかまえるのではなく、そのままレバーを下げ、水を止めた。

「たしかに、女に本気になったことは、これまで一度もなかった」

社長の美しい顔が目の前にある。冷たいオーラはまとっているのに、視線はなぜか熱い。私は濡れた手のまま、半ば怯えて社長の顔を見上げた。怖いけれど、彼から目が離せない。

「さっきは、俺が初めて本気で欲しいと思った女だ」

私はその威圧感に恐れをなして、一歩下がった。胸が壊れんばかりにドキドキしている。雨の中で『好きだ』と言った社長と重なる。冗談にしてはあまりにも真剣な瞳。

あの時と違うのは、この威圧感。私と心を通わせたいという気持ちが見えない。

手首を掴まれて、思わず「嫌っ」と抵抗した。

「嫌？　嘘だろう？」

社長がもう片方の手で私の顎を掴む。

「俺がキスすれば応える。お前の吐息が甘くなる。それでもまだ俺のことを『好きじゃない』って言い張るつもりか？」

手首を掴む社長の手に力がこもった。指先が痺れてくる。顔を背けようとしたが、男の人の力は強く動けなかった。

社長は私の耳に唇を寄せる。

「俺のものだって、言えよ」

私は唇を噛んだ。社長の熱い息が耳と首筋を刺激して、体がゾクゾクする。

流されたいという、体の奥底から湧き上がる欲望。全部を投げ出して降伏したい。

社長に身を委ねたその先にある快感を期待する。

「……やめてください」

込み上げる涙をこぼすまいと、目を閉じた。

「わからないんです」

私は素直な気持ちを口にした。

「本当にわからないんです。だからもう、やめてください」

社長の手が緩む。とっさに社長の胸を押しやると、私はキッチンから飛び出した。

そのままベッドに潜り込む。この部屋で逃げ込む場所はここしかない。

私は、あふれ出てくる涙を止めることができず、布団の中で泣いた。

どうしてこんなに悲しいのか、言葉では言い表せない。ただ、ぼんやりと胸の中にあった不安が、いよいよはっきりと見えてきた気がした。

恋じゃない

ずっと眠れない日々が続いている。

あの日以来、社長とまともに会話をしていない。部屋にいても、視線を合わせない。すごく意識しているのに、自分の視界の外に社長の存在を押しやっている、そんな感じだ。

私は今とても混乱している。

社長のプライベートを見てから、ビジネスモードの社長は演技をしているのだと、勘違いしていた。やっぱりあれは演技じゃない。

あの人の中には、たしかに人を威圧するものが存在していると思える。会社で放つ威圧感ほどではないけれど、家でも時たま漏れ出るのだ。

ここ数日、勤務中でもふとした瞬間にあれこれと考えてしまう。私は秘書室の自分の席で軽くため息をつき、首をぐるりと回した。

「お・か・し・い」

リカちゃんが言った。

「……なにが?」

突然低い声で言われたので、驚いた。リカちゃんが愛らしい瞳を私に向けていた。

「長尾さん、社長となにかありました?」

「えっ」

一瞬言葉に詰まったが、直後に「なにも」と首を振った。

「最近、社長の印象が違ってたんですよね」

「そう?」

私が首をかしげると、リカちゃんがぐっと顔を寄せてきた。

「言葉ではうまく表現できないんですけれど……なんていうか、浮ついてる?みたいな」

「浮ついてる?」

驚いて聞き返すと、リカちゃんは人さし指で「しーっ」と自分の唇を押さえた。

「楽しいことがあるのかな?って思ってたんですよね。長尾さんもなんだかソワソワしてるし」

リカちゃんがまじまじと私を見る。

「社長と、付き合ってるんですか?」

さすが鋭いツッコミ。

「そんな、まさか。だって、あの社長よ。怖くって」

私は笑いながらメガネをはずし、ごまかすように目をこすった。

リカちゃんは腕を組んで、疑うような眼差しを向けてくる。

「まあそうですよね。二十四時間あの調子でいられたら、身が持たないとは思います」

「でしょう？」

ほっとして、メガネをかけた。

「じゃあ、長尾さんがソワソワしてたのって……」

「気のせいじゃないかな？　落ち着かないのは落ち着かなかったの。ちょっとプライベートでごたごたして」

私がそう言うと、リカちゃんはハッとした顔をした。

「そうですよね。長尾さん傷心中でした。そうか、まだ吹っきれないんですね」

「ま、まあね」

リカちゃんがそう納得してくれたので、とりあえずほっとした。

「じゃあ、新しい恋見つけましょ。合コン！　合コンしましょう」

リカちゃんがパチンと小さく手を叩いた。

「合コン？」

驚いて声がひっくり返る。

「そう。今夜、人集めますから！　社長は今日の夜、会食でいないんですよ。チャンスですっ」

そこに社長室の扉が開いた。

リカちゃんの口が即行閉じて、澄ました顔になる。

「日広に行ってくる」

相変わらずの冷たい声だった。黒髪にえんじ色のネクタイがよく映えて、本当に雑誌から飛び出してきたような完璧な姿。

お父さんの会社になにをしに行くんだろう……。

「いってらっしゃいませ」

私はそう言って頭を下げた。


夜の新橋《しんばし》。小さな居酒屋の座敷席。急ごしらえだったけれど、リカちゃんはちゃんと合コンメンバーを集めてきた。合コンといっても、こちら二名に、男性二名。

「じゃあ、楽しみましょう」

もうすでに酔っているかのようなハイテンションのほうの彼が乾杯の音頭を取った。

騒がしい店内。焼き鳥を焼く煙で少し白く霞みがかっている。

私は束ねていた髪を下ろし、メガネをはずしていた。というか、さっき会社のトイレでリカちゃんにはずされたのだった。

『長尾さん、今日はちょっとおしゃれにしてください』

『でも、メガネをはずすとなにも見えないの』

『大丈夫、見えないとちょっと顔を男の人に寄せるでしょう? いい感じに色気が出るから。ほら、胸もとのボタンも多めにはずして!』

私はリカちゃんに言われるがまま、メガネをはずしバッグにしまったのだった。だから今、隣に座る男性の顔も薄ぼんやりしている。

「長尾さんって、大人の女性って感じだね」

隣の男性がしゃべる。薄ぼんやりながらも、割と整った顔をしているのはわかった。

「ありがとうございます」

一応礼を言って、ビールに口をつけた。

メーカー営業の三十歳。大学は都内の有名私立大学出身。で、今はフリー。

そんな話を隣でしゃべり続ける。私は相づちを打ちながらも、退屈し始めた。

大学時代に合コンは経験していたけれど、社会人になったからといってそう変わるものじゃない。限られた出会いの中でぴったりくる人を見つけるのは、至難の技じゃないだろうか。

「長尾さんはお付き合いしている人いる？」

「……いません」

私がそう答えると、隣の男がぐっと寄ってきた。

「そう？　すごく綺麗なのに、信じられないな」

「お上手ですね」

「本音だよ」

髪をかき上げ、にこりと笑う。自分が女性にどういうふうに映っているか、ちゃんと知っている笑顔。でもなんだか違う。嫌な気分。

「俺、アウトドアが趣味なんだ。行ったことある？」

「ないですね」

私は男と距離を置こうとしたが、その間を詰めるように寄ってくる。

「女の子と一緒に、アウトドアしたいと思ってたんだ。よかったらさ」

この人すごく遊び慣れてる。女の子もたくさん泣かせてきたんだろうな。社長と似たような人種だ。でもなんだろう……社長はこんなに軽薄じゃない。

男の手が私の肩に回る。

思わずぞっとした。逃げようとしたが、彼の腕が私をぐっと捕らえて離さない。男が顔を寄せてきて、嫌悪感が増した。

「長尾さん、よかったら……」

男がそう言った瞬間、リカちゃんから「あっ」という叫び声が聞こえた。私はその声に驚いて、ハッと上を向く。

テーブルの目の前に、社長が立っていた。薄ぼんやりしていたけれど、ひと目でわかるそのオーラ。

「社長。どうしてここに」

リカちゃんが慌てている。

「会社に電話を入れたら、残ってた秘書がふたりはここだって教えてくれた」

社長はスーツのジャケットを脱ぐと、ネクタイを緩める。髪をかき上げ、手でラフに崩すと、メガネを取った。靴を脱いで、私の目の前であぐらをかいた。

「それで？　どの子狙い？」

社長が口もとに不敵な笑みを浮かべ、私の隣の男にしゃべりかけた。

男が息をのんだ音が聞こえた。私の肩に回した腕に戸惑いが表れる。

リカちゃんは心底驚いた表情で、社長をじっと見ていた。

心臓がばくばくし始める。今、私たちの前にいるのはビジネスモードの社長じゃなく、プライベートの社長だ。

「肩に手を回しちゃって、さつきを落とそうって？」

「いや……」

男の手が肩からはずれる。明らかに萎縮している。

「さつきは難しい女だよ？　そこらへんのすぐヤレる女とは違う。俺でさえ、まだ抱けてないんだ」

リカちゃんが目を見開いて、私と社長を交互に見比べた。

「だからこの女は特別。悪いけど、ほかあたってくれる？」

社長が私をちらっと見て微笑んだ。妖艶な微笑み。中性的な面立ちの中に、色濃く漂う男性の色香。

「すみませんでした」

隣の男が立ち上がると、リカちゃんの隣にいた男もつられて立ち上がった。

「あ、そうそう」

社長が退散する男たちの背中に声をかける。

「さつきだけじゃなくて、うちの大切な秘書を泣かせたら、ただじゃおかないからな」

男たちはもう振り返らなかった。一目散に、店を出ていく。

「ありがとうございました～」

店員の爽やかな声がふたりを見送った。店内のざわめきとは対照的に、沈黙の続くテーブル。私はうつむいて、ふうとひとつため息をついた。

「社長？」

リカちゃんが恐る恐る声をかけた。

「社長、ですよね？」

「見ればわかるだろう？」

「だって……全然……」

リカちゃんが呆然としている。社長は軽く笑うと「秘密にしといて」と言った。

「え？　どういうこと？」

リカちゃんが私に助けを求めるような視線を向ける。

「お前さー」

社長が頬杖をついた。

「さつきに男を紹介とか、やめてくれよ。俺が今落とそうとしてんのに」

リカちゃんの頭が混乱して爆発しているのが、はた目にもわかった。

「リカちゃん、本当にごめんなさい」

私は居たたまれず、リカちゃんにひと言残して立ち上がった。

「おい」

社長が私を引きとめようと、腕を取る。

「離してください」

「せっかくつかまえたのに？」

「私はあなたの秘書であって、恋人じゃありません」

「俺のこと、好きなくせに。強情だなあ」

私は手を振り払うと、バッグを掴んで靴を履いた。社長も仕方がないというように立ち上がる。

「篠山、合コンダメにして悪かったな。俺たち先帰るから」

社長はそう言うと一万円札を二枚テーブルに置いて、リカちゃんに会計してねと手で合図する。

「は、はい」

リカちゃんがいまだ事態を掴めていないというように、ぼんやりとした声で返事をした。

私は大股で、店を出た。けれどすぐに、ぐいっと腕を引っ張られる。

「車、こっち」

「嫌です」

「なに言ってんだ」

「一緒に帰るの嫌です」

「じゃあ、どこで寝るんだ?」

「わかりません!」

血管切れそう。今にもわめきそう。っていうか、もうわめいてるかも。

私は社長を睨み上げた。

「ひどいです! リカちゃんにあんなふうに言って」

「いいじゃないか、別に」

社長の気軽さに嫌気がさす。

「秘書は、社内恋愛禁止なんですよ! 私をクビにしたいんですか!?」

社長が「ああ、なんだ」と笑う。

「篠山はしゃべらないよ。大丈夫だ」

「それでも！」

さらに噛みつこうとすると、社長は「はいはい」と軽くいなして私を車まで引っ張っていった。強引に私を助手席に乗せると、エンジンをかけ、夜の街に走りだす。

「怒るなよ」

社長は駄々をこねる子どもをなだめるように言う。

「だいたい、俺の好意を知ってるくせに、合コンに行こうだなんて思うほうがおかしい。なんだよその前ボタン。胸もとをあの野郎に覗かれたじゃないか」

キッと社長を睨む。

「社長はきっと、そのうち私に飽きます」

「なんでそんなこと言うんだ？」

声に怒りが微かに混じる。私は先日の激昂した社長を思い出し背中がゾクッとしたが、今日は文句を止められなかった。

ハンドルを左に切ると、信号の点滅。ブレーキランプの赤が点々とウィンドーに映る。

「社長は私を遊び相手だって言いました。それは今も変わらないんじゃないですか」

「なんだ、それ。『好きだ』って言っただろう？」

私はバッグからメガネを取り出した。髪も手早くゴムでまとめる。

「私との関係は、先がありませんよね？」

社長が眉をひそめる。

「どういうことだ？」

「誰かと先を見据えた関係を築くつもりはありませんよね？　結婚しないって決めていらっしゃるから」

「それは……」

社長が語気を強めた。

「それは、あの親父から大切な人を守るためだ。仕方がない」

「でも私には、婚約者のフリをし続けろと言う。身辺調査が入っても、お父様に厳しいことを言われても、それでも秘書なんだから婚約者の仕事をしろ、と。矛盾してます。社長の中は矛盾だらけです」

社長の美しい横顔を見つめた。

「私を大切にしたいのか、使い捨てたいのか、どっちなんですか？」

それ以降、社長は黙り込んだ。

半端で調子のいいあの人はどこかへ消えて、隣には会社で見せるような厳しい顔をした男性がひとり。

再び、会話ひとつない状態へと戻った。それでも私は安堵していた。社長と話すと、そのムードに巻き込まれ自分を見失ってしまう。もう振り回されるのはごめんだった。

部屋に戻り、可動式の壁を築く。社長と少しでも居住空間を分けることで、一時的に自分を保てる。

今日はもう、壁を無理にどけるようなことはしないだろう。社長の沈黙が、そう語っていた。

シャワーを浴びて、電気を消し、布団に入る。前の部屋から持ってきた自分の布団だけれど、この空間だと落ち着かない。布団から顔を出し、天窓を見上げた。

漆黒の夜に、白い月明かり。壁の向こうには、社長がいる。寝ているのか、起きているのか気配がしなかった。

私は静かに目を閉じて考えた。

社長はこれまで誰にも本気になったことがない。それなのに私だけは違うと、どうして言いきれるだろう。

それに自分のこともわからない。たしかに私はあの人に心をとらわれている。でも、あの人に惹かれない女性なんて、いないはずだ。私が感じる鼓動は、そんな誰もが感じるもののひとつにすぎないんじゃないだろうか。

ベッドが少し沈んだのを感じて、私は目を開けた。

社長が私を見下ろしている、その目と合った。

月光に照らされて、まるで別世界の人のよう。長いまつげも、整った鼻筋も、その少し開かれた唇も。

胸が激しく鳴りだす。冷徹なオーラと蠱惑《こわく》的な瞳、どちらにも恐れ、どちらにも期待している。

私の目の前にいるのは、本当は誰？

「社長……あの」

私は起き上がろうとしたが、両手首を強く掴まれベッドに押し戻された。社長の指が食い込んで、その痛みに思わず唇を噛む。

社長の綺麗な目に黒髪がかかる。頬から首筋。喉仏から鎖骨にかけて、どうしようもなく男性を感じた。

「今から抱くって、言ったら？」

社長が低い声で言った。

「逃げる?」

社長の手のひらの温かさ。組み敷かれている鈍い痛み。その視線。

——気がふれる。

いっそのこと、私を抱いて、そして、ひと思いに捨ててほしい。

「……逃げない」

私がそう言うと、社長の体が沈み込み、私の首筋に唇を寄せた。シャンプーの香りが鼻をかすめ、少し湿った髪が私の額に触れる。両頬をその手で包まれて、貪るように唇を合わせた。

息が上がる。社長の熱い息が自分のそれと交わって、体温が一気に駆け上がる。まるで炎の中に飛び込んだような熱さ。私は社長の首に腕を回した。

「好きだ」

低い声が薄闇に響く。

「好きだよ」

唇が胸もとを這うと、背筋に快感が走る。

社長はベッドの下に白いシャツを脱ぎ捨てる。、乱れた髪をかき上げて、私を見下ろした。月明かりが、社長の無駄のない美しい体を照らす。

社長の腕が伸びて、私の髪を指に絡める。私はそっと目を閉じた。この人は、たくさんの女の人を抱いてきた。何回となく「好きだ」と言ったに違いない。

耳のうしろに、長いキス。自分のものだというように、強く、跡をつける。

——誰がこの人を拒否できるだろう。たとえ心はもらえないと、知っていても。

何度もキスをする。舌を絡めて、何度も、何度も。喘ぎに似た声が漏れる。

背中に回された手が、私の体を締めつけた。シャツをはぎ取り、下着を押し上げ、飢えを満たすように私を狂わせる。

「好きだ。さつきが好きなんだ」

懇願するように、ささやいた。

「俺を好きだって、言えよ」

私は目を開けた。

目の前にいる男性には、どこか現実味が感じられない。私は映画を見ている観客だ。

唇で触れて、熱さを感じるのに、一緒の場所にいない気がした。

「私が……私が十代の少女なら、これを恋と呼ぶかもしれません」

社長と目を合わせたまま続ける。

「キスされると、胸が高鳴り、体が痺れる。はしたないけれど抱いてほしいって望む」

頬に涙がこぼれた。

「でもあなたはすごく現実感のない人。それが私を不安にさせるんです。どうして目の前にいるのに、一緒にいない気がするんだろうって。すごく綺麗な人だからってだけじゃない」

私は頬の涙を手のひらでぬぐった。

「あなたはきっと、両極端な自分を演じているんです。会社でのあなたと、プライベートでのあなたは、どちらもあなたの中にあるもの。でも本当のあなたじゃない。私はいつも、自分を演じるあなたを見ている。本当のあなたが見えない。未来が見えない。不安だらけで。だって私のこの胸の高鳴りは、演じられた〝あなた〟に感じているものだから」

思っていることを言葉にしてみると、初めてしっくりときた。自分の気持ちがよくわからなかったのは、社長が遊び慣れていて不安だっていうだけじゃなかった。

「今の私には、あなたを好きだと言える自信がありません」

社長が私の体を離し、視線を逸らす。そしてベッドに腰掛けて、膝に肘をついて髪をかき上げると手が止まる。社長は考えるように首をかしげ、唇を噛んだ。

「どんなに甘いキスをしても、さつきが落ちないわけだ」

軽く息を吐く。

「悪かった」

社長はシャツを拾い、立ち上がる。そのまま私に背を向けた。

「……おやすみ」

社長は部屋を出ていった。一度も振り返らない。

部屋と体には、熱気だけが取り残されたけれど、私の心は冷えている。ベッドから立ち上がり、壁際のクローゼットを開けた。

『悪かった』という言葉は、どういう意味だろう。今夜のこと？　それとも、すべて？　いずれにせよもう、社長と一緒にはいられない。

ジャケットのポケットから、お兄さんの名刺を取り出した。社長と離れるなら、仕事を変えなくちゃいけない。

「紹介してくれるって言ってたけど、頼ってもいいのかな……」

私は迷いながらも、名刺を財布に移し替えた。

本音

俺は扉をうしろ手で閉めて、ほの暗い部屋に立ち尽くした。冷たいフローリングに触れる足の感覚が、自分を現実に向き合わせる。

これまでずっと、どんな物事も真面目に捉えようとしてこなかった。

それは、傲慢な父親にも従順で優秀な兄の姿を見てきたから。父親への強い反発があってのことだった。たとえ半端で不真面目だと思われてもいい、自分らしくいたいと思って努力してきたのだ。

逃げたかった。家を出て、夢を追いたかった。

だから、家を出ることを許さない父親を〝その場しのぎで〟うまく言いくるめるため、映像の会社を立ち上げることにした。結果、自分の夢を「売上」として、目に見えるものにせざるをえなくなったのだ。

売上を出さないと、家に引き戻される。必死になった。けれどすぐ壁にぶちあたる。〝その場しのぎ〟の自分では、社員がついてこないのだ。父親が『お前はなめられる』と言った言葉が身にしみた。

それからずっと、企業のトップである父親のように振る舞ってきた。それは自然と、自分の中から出てきたのだ。抑圧されてきた過去を、身をもって再生している。自分が〝父親〟になると、社員は身をこわばらせ、思い通りに動くようになったから。

俺はリビングに出ると、ソファに力が抜けたように座り込んだ。

大きく開かれた窓から、月が見える。屋上につくられた嘘の庭の、その木々の隙間から、白く光りを放つ。

天井を見上げた。

「疲れたな」

大きなため息とともに、小さくつぶやいた。どちらの自分でいても疲れる。

「誰も気づかなかったのに……すげーな、あいつ」

唇に、薄く笑みが広がった。

もう自分でも、どうしたらいいかわからないところまできてる。今の自分が破綻しかかっている。突然プライベートの人間関係を整理したくなったのも、会社の人間であるさつきにちょっかいを出し始めたのも。

「まずいな、俺」

俺はゆっくりと目を閉じた。

今日の昼、父親に呼び出されたが、気乗りしなかった。気乗りしないのはいつものことだったけれど、今回はとくに悪い予感がしたから。

日広の本社にある社長室に入ると、父親が相変わらずの顔で待っていた。隣にタケが立っている。毛足の長い絨毯《じゅうたん》に、白檀の香り。

「この間連れてきた女には、別に婚約者がいるじゃないか」

突然、父親が言った。近況を聞いたり、お互いを労ったりするような、そんな親子なら当然ありそうな会話をすべて排除して、冷たく言い放つ。

「身辺調査をしたら、親がいないこと、出身校は本当だった。でも大学時代でも就職してからも男の影がないのは、地元に結婚を約束した男がいたからだ」

父親がどすんと音を立てて、背もたれに体を預けた。

「お前はまったく、しようのない奴だな、相変わらず」

タケを見ると、苦りきったような顔をしていた。浅はかな嘘をついた俺を哀れむような視線。

でもどこかほっとしていた。そして、同時に寂しい気持ちも。さっきとつなぐ細い線の一本が切れてしまう気がした。

「お前ももう三十だし、実績も出している。そろそろ家に戻る頃だ」

断定的な言い方。「嫌だ」とは言わせない冷たい声音。

「今から見合いしてもいいし、この女でもかまわない。結婚して跡取りをつくれ。横の男はもう二度と結婚しないと、馬鹿みたいな強情を張ってるからな。子どもが産めないあの女に、自分の一生を捧げるなんて、愚かにもほどがある」

タケの顔は、能面のように表情がない。父親からの嫌みなど、もう幾度となく聞いて、怒る気力も失せているのだろう。

「しかし……」

父親が低い声で笑った。

「お前も嫌だ嫌だと言いながら、私に似ているのだから笑える。女の身辺調査ついでに、お前の働きぶりも調べたら、どうにも会社ではずいぶんと冷酷なようじゃないか。私から逃げるならとことん逃げればいいものを、そこまで落ちきれないお前は、やはり私の息子」

父親が椅子の肘掛けに手を置いて、まるで観察するように俺を眺めた。

「そろそろ認めろ。長い反抗期は終了だ」

父親が椅子から立ち上がった。ゆっくりとこちらへ歩いてくる。オーダーメイドのグレーのスーツ。宝石のついたタイピン。ずっと俺を捕らえて離さない〝父親〟という名の、看守。

唇を噛んだ。血が滲むほど強く。

「あの女、いくらで買った？」

看守の声がする。

「金でなんとかなる女は、桐田の家には都合がいい。あの地味な女と結婚して、家に戻れ」

喉がいがらっぽい。それでも口に出す。

「彼女とは……結婚しない」

「……もっと若い女を連れてくるか？」

「誰とも結婚しない」

父親があきれたような顔をした。

「まだそんな強情を。武則に子どもができないなら、お前がつくるしかないだろう」

「……うるさい」

そう言った。口の中だけで、小さく、弱々しく。その言葉が脳内に響いて駆け巡る。

聞こえない父親は、黙り込んだ俺をあざ笑うような表情をする。俺は父親に背を向けた。

「お前が家に帰るよう、もう手はずは整えてある。お前がなんと言おうとも、家に帰ってくることは決まってるんだ。せいぜいあがくといい」

父親の声が背中から聞こえてきたが、俺はそのまま社長室を出た。

嫌な汗が流れてくる。どうしたらいいのかわからない。決断を迫られると、いつも逃げてきた。その場限りの嘘を言って。浮ついた自分と、父親そっくりの自分。

本当の自分はどこにいる？

「おい、カズ」

タケの声に、突然現実に引き戻された。廊下に佇む俺の腕をタケが掴む。

「大丈夫か？」

「……ああ」

なんとかそう言ったが、本当は考えがまとまらない。

「長尾さん、どうするつもりだ？」

「……結婚しないよ。兄貴と一緒だ」

「じゃあ、手放すのか？」

「……知るかよ」

いきなりタケにネクタイを掴まれた。ぐっと締まって息が詰まる。そのままバンッと壁に叩きつけられた。その衝撃でメガネが飛ぶ。タケがぐいっと顔を近づけて、俺の瞳を睨みつけた。父親を彷彿とさせる、鋭い眼光。

「腹を決めろ。本気で欲しいなら、中途半端なことはするな」

「タケには関係ない」

俺も負けじと声を張り上げた。

「いちいち口出ししてくんな。保護者面しやがって。お前、さっきに『俺を信用するな』って余計なこと言っただろう？　ふざけんな。勝手にアドバイスしてんじゃねーよ」

「じゃあ、お前は、どうなんだ!?」

タケが怒鳴った。

「お前は美麻になんて言った？　『逃げろ』って言ったよな。気軽に、なんてことないように」

タケの瞳が怒りで揺らぐ。

「俺たちは、たしかにあの時悩んでた。美麻がだんだんと弱っていくから、いっそのこと離婚したほうがいいのだろうとも、考えた。でも俺はまだその言葉を口には出してなかったんだ！　彼女を手放すなんてことできるわけがない。これからの俺の人生に、なんの喜びもなくなる。そういうことだって、理解してたから。でもお前は」

タケが歯を食い縛る。

「お前は、美麻に言ったんだ。俺から、この家から逃げろって。美麻はお前に言われたら……」

言葉に詰まったタケを見つめる。

「愛してたお前にそう言われたら、美麻は迷わず逃げるに決まってるだろう？」

「え？」と思わず声をあげた。

「なに、言ってるんだ、タケ」

「美麻は、お前を愛してたんだ。心から愛して、でもお前からは絶対に愛してもらえないことも知っていた」

タケの手が緩む。俺は乱れた呼吸で、憔悴しきったタケを見つめた。

「俺が美麻に会ったとき、彼女は報われない思いに泣いていた。俺は美麻がお前を思い続けててもいい、と思ったんだ。俺たちは夫婦になってから、ゆっくりと俺たちの愛の形をつくっていくのだからと」

タケが髪をかき上げ、深いため息をついた。

「彼女が俺の中にお前を見ていても、つらくはなかった。未来が描けたから。手をつなぎ、キスをして、俺たちだけの時間を過ごしていけたら、きっとふたりは幸せになれると、そう思ってたんだ」

——知らなかった。

呆然とタケを見つめる。髪が乱れて、頬が上気している。そしてどことなく安堵している様子も。

きっとずっと、兄貴は俺を責めたいのに、こらえていた。

「……俺……」

なにか言おうとしたが、なにを言っても薄っぺらな慰めにしかならない気がして、再び口を閉じた。

タケがそんな俺を見て微笑む。

「俺には経営している会社もあり、大切な社員もいる。美麻を追ってここから逃げるわけにはいかない。だから俺は覚悟を決めたんだ。美麻以外の女性と、未来を築くことはないと」

やっぱりタケにはかなわない。

「お前は、どうする？」

タケが尋ねた。

「もう、決断するときだ」

俺はさつきの生真面目な顔を思い浮かべた。それからキスをしたときの真っ赤な頬や、言葉ではダメだと言いながらも俺を受け入れてしがみつく、その手のひら。

そんな決断、できるのか、俺に。


頬に温かさを感じて、目を開けた。いつの間にか、窓から朝の日差しが差し込んできていた。ソファで眠ってしまっていたらしい。

俺は閉じられたさつきの部屋の扉を眺めた。

『振り回されるな、離れたほうがいい』というタケの言葉を聞いて、一瞬我を失った。その様子を見て、さつきは怖がっていた。会社で高圧的な態度を取るのとはわけが違う。それが自分でもショックだった。だから飲みに行ったさつきをプライベートの俺で迎えに行ったのに、やっぱりさつきには受け入れてもらえなかった。

だって、迎えに行ったのは、本当の俺じゃないから。

「見事な返り討ち」

俺は軽く笑った。

どうしたらいいのだろう。さつきを手に入れたいけれど、桐田の家には関わらせたくない。意地で始めた会社は、いつの間にか大きくなって、自分のやりたかったこととはほど遠くなっている。

自分がちぎれそうだ。本当の俺は、どんな男だったんだっけ。

俺はバスルームに入り、鏡を見た。

ストレートの黒髪。大きな瞳に、通った鼻筋。大概の女性が、俺の外見に酔う。さつきもほかとそう変わらなかった。俺の顔に見とれているときもあったし、キスしたら顔が真っ赤になる。

でもこんなに、本当の俺を求めてきたのは、さつきが初めてだ。

俺は頬に笑みを浮かべると、シャツを脱いでシャワーを浴び始めた。

ラストキス

朝起きたら、もう社長はいなかった。少しほっとして、出社の準備を始める。

広い部屋。ここにひとりで住むのは嫌だと言った社長の気持ちがわかる気がした。十分に暖かいはずなのに、なぜか肌寒いような気持ちになる。

身支度をすべて整えると、財布の中からお兄さんの名刺を再度取り出した。

頼りたいけれど、すっかり縁を切ったほうがいいような気もする。もう二度と社長と出会わないように。

名刺の名前を眺める。

この人は、本当の社長を知ってるのかしら。それとも誰も知らないのか。もし誰ひとりとして彼の本当の姿を知らないのなら、それはとても悲しいこと。

胸がきゅっと絞られるように痛んだ。


秘書室の扉を開けると、もうリカちゃんが出社していた。私の顔を見つけると「長尾さんっ」と駆け寄ってきた。目は大きく見開かれ、好奇心のオーラが半端じゃない。

手に持っていたふきんを放り投げて、私の腕を両手で掴んだ。

「あれ、社長ですよね⁉」

「……昨日のは、そうね、たまにあんなふうに……」

私が言いかけると、リカちゃんは首を猛烈に振った。

「違う違う。今日の社長！」

リカちゃんが叫んだ。

「俺がどうしたって？」

うしろから声がして、私は振り向いた。

「……社長……どうしたんですか？」

目を疑った。

髪は赤みがかったブラウンに染められ、パーマがかかっている。メガネはかけているけれど、丸メガネだ。青山あたりを歩いている、芸術家のように見えた。

「ちょっと気分転換」

社長はそう言うと笑顔を見せた。

秘書室がどよめく。秘書たちにとっては、先日初めて少し微笑んだのを見たぐらいだったので、こんなに爽やかな笑顔を浮かべる社長を見るのは初めての経験だったのだ。

「篠山さん、コーヒーもらえる？」

「は、はっはい！」

リカちゃんは頬を真っ赤にしながら、給湯室へとダッシュした。

「社長……いつの間に？」

私は騙されているような気がして、社長の顔をじっくり見つめた。

「そんなに見るなよ。恥ずかしいな」

社長が柄にもなく照れて、頭をかく。

「明け方、友達の美容師を叩き起こして、やってもらった。文句は言われたけど、倍の金額払うって言ったら快くオッケーしてもらえたよ」

リカちゃんがトレーにコーヒーをのせてやって来た。驚いたことに、すごく緊張しているのか、コーヒーカップがカタカタと震えて音を立てている。

「お、お席にお持ちしましょうか」

リカちゃんがそう言うと、社長はトレーからカップを持った。

「篠山さんがこのまま運ぶと、こぼす気がするな。ありがとう。ここでもらう」

外見が変わっただけじゃない。中身まで大幅に変わった。こんなに紳士的な振る舞いをしたことなど、見たことがない。

なにより、話す相手のことを思いやっている。今まで一方的に命令するか、調子よく受け流すだけのふたつしかなかったのに。

まるで別人だ。

「篠山さん、突然で申し訳ないけれど、役員を招集してくれる？」

リカちゃんがトロンとしたような顔で社長を見上げる。

「はい」

「長尾さん」

突然名前を呼ばれて、私は思わず「はいっ」と大きな声で返事をした。

「いい返事」

社長が笑う。

「いつものように、新聞をお願い」

私は、混乱しつつも、なんだかうれしくて「かしこまりました」と笑顔で答えた。

秘書室がざわつく。ほかふたりの秘書も含め、みんながこれは夢なんじゃないかと、興奮していた。

「どうしたの、あれ」

リカちゃんが小声で私に話しかけてきた。

「超絶にいい男なんだけど、どうしよう」

「わからない」

私も首をかしげた。昨日の夜の様子から、この変貌っぷりは想像できなかった。

「昨日居酒屋に乗り込んできたときとも、雰囲気が違いますよね？　あれはなんていうの、軽いっていうか」

「う……ん、それは」

私が言いかけると、「あっ」とリカちゃんが声をかぶせてきた。

「長尾さん、やっぱり社長となんかあったんだ。告白されたんですか？」

もう言い逃れできない。私は仕方なく「うん」とうなずいた。

「でもオッケーしてないんでしょう？」

「うん」

「なんでですかー!?」

なんでって……。うまく説明できない。社長がいったい本当はどんな人なのか、よくわからなかったからっていって、このニュアンスが伝わるだろうか。

「あ、そろそろ役員会議の支度しなくちゃね」

私はそう言って、会話を打ち切った。もっと聞きたそうなリカちゃんを置いて立ち上がると、秘書室の扉が開く音がする。

「おはようございます」

お兄さんがそこに立っていた。うしろに二名、ほかの社員も立っている。

「おはようございます。先日はありがとうございました」

私は丁寧に頭を下げた。連絡すべきかどうか迷っていた相手が目の前に現れて、少々動揺する。

「突然で悪いね」

お兄さんはいつもの紳士的な笑みを浮かべた。

「緊急の用件があるんだ。社長はいるかな」

「はい、お待ちくださいませ」

社長室の扉をノックし、部屋に入ったが、首をかしげた。なんだろう。いつもと違う。

「なに？」

社長がパソコンから顔を上げた。ふわふわの髪が揺れる。

「お兄様がいらっしゃっています。緊急のご用件だそうです」

「もうすぐ会議だよね。今行く」

社長は立ち上がり、それからデスクの上の人形の位置をなおした。

あ、あの人形。

私は驚いた。社長が作っていた粘土細工の人形が、デスクの上にひとつ飾られていたのだ。

「それ……」

口を開けて社長を見上げる。

「いいだろ、あれ」

社長は満足そうに言うと、私の横を通り秘書室に出た。

「タケ、どうした？　もうすぐ役員会議だから、あまり時間は取れないけれど」

「……ずいぶんイメージ変えたな。どうした？」

お兄さんも驚いて社長の顔を見ている。

「ただのイメチェンだよ。で、なに？」

お兄さんが社長の耳に顔を寄せ、厳しそうな顔をした。社長の眉間にも、深いシワが刻まれる。

「いつ？」

社長が尋ねる。

「明日」

「わかった。今から役員会議なんだ。同席してもらえるか？」

社長がお兄さんに言った。

「長尾さん、ここにいる三名も会議に出席するから、席をつくってもらえる？」

社長が声をかけた。

「かしこまりました」

私はリカちゃんとちらっと目を合わせる。きっとなにか問題がある。社長の顔から、それがとても深刻だということがわかった。

十五畳ほどの白い壁の会議室の中に、長テーブルを余分に一台つけて席をつくった。

窓からは麻布の空が見える。今日は晴れ。青い空がまぶしい。それでも私の心には、ため池のよどんだ藻のように、不安が揺れている。

深刻な議題のようだ。なんだろう。どうしたんだろう。

「長尾さん、会議に書記として同席してもらえる？」

テーブルの上を拭いていた私に、社長が声をかけた。社長はいち早くテーブルに着き、お兄さんとなにやら話し込んでいた。

「かしこまりました」

私はうなずくと、隅のほうに自分の席も用意した。

役員たちが、突然の招集に少し不満げな表情で部屋に入ってくる。けれど社長の姿を目にすると、とたんに目をまん丸くして、口を開いた。私の耳には「どうしたんだ、あれ。ご乱心か？」という声が聞こえてきた。

『若い俺はなめられる』と言っていた社長の言葉を思い出した。たしかにこの中で仕事をするのは、容易ではないだろう。

総勢十名の役員がそろい、会議室の扉が閉められた。みんな興味津々という目で、ふわふわの髪の社長をじっと見つめる。

社長が口を開いた。

「突然集まってもらって、忙しいところ申し訳ない。まず、謝罪をさせてほしい」

社長が立ち上がった。

「これまで、みなさんの力を信じず、自分の思う通りに動かそうと、厳しく冷酷に振る舞ってきた。時にはそのような判断も必要だが、あきらかに私は度を越していた。本当に申し訳なかった」

役員たちがざわめく。お互いに顔を見合わせ、なにが起こったんだと驚いた。私も思わず口を押さえる。こんな言葉が社長の口から出るなんて、想像だにしなかった。

「今後の会社のあり方について、再度君たちの意見を伺おうと思い集まってもらったが、そうは言っていられない事態になった」

役員たちがしんと静まり返る。社長よりはるかに年長の人たちが、社長の次の言葉を固唾をのんで待った。

「明日、『日広』が我が社に敵対的買収をすると公表し、買収のための株式を公募するそうだ」

役員たちがごくんと唾をのむ音が聞こえた気がした。私の背中に汗が流れる。

社長のお父さんが、この会社を乗っ取るつもりなんだ。強引に社長を家に戻らせようとしている。

「『日広』は、大企業だ。我が社をはるかにしのぐ規模の総合商社で、我が社の株を所有する企業も『日広』の取引先であることが多い。そうなればこの会社が『日広』の手に渡るのは、時間の問題だ」

社長が突然にこりと笑った。その瞬間、戸惑いが役員たちの顔に表れる。

「『日広』はいい会社だ。傘下に入れば、私よりもずっと優れたリーダーが派遣されてくるだろう。可能性も広がるし、この会社にとっても飛躍のチャンスかもしれない」

役員がざわついた。買収を甘んじて受け入れるという社長の発言。これまでの彼からは想像もできないことだ。

「……社長はそれでよろしいんですか？」

白髪交じりの副社長が、信じられないというように尋ねた。

「みなさんがいいと思うならかまわない。この会社のためだから。でも、もし『日広』の傘下に入るのが嫌だと言うなら、僕は対策を考えようと思う」

社長のメガネの奥の綺麗な瞳が、穏やかに笑っている。

「今日中に各部署にこの事実を伝え、部署内で意見をまとめて、社長室まで上げてくれ。それによってこの先の出方を決めよう。それから……」

そう言って社長は手を伸ばし、その先に座っているお兄さんを紹介する。

「彼は『日広』の役員だ。これから傘下に入るとどういうメリットデメリットがあるか、話してくれると思う。それもよく聞いて決めてくれ」

お兄さんにバトンを渡すと、社長は会議室を出ていった。こんな窮地に立たされていたら、もっとずっとピリピリするはずなのに、なぜかどこか余裕を見せている。

私の心に複雑な思いが膨らんだ。

会議室の扉がパタンと閉まる。

お兄さんが中央に歩み出て、日広について説明を始めた。役員たちは熱心に耳を傾けている。

私はそれどころじゃなかった。会議室を出ていった社長の背中が何度もちらつく。

社長、大丈夫だろうか。だって、あんなに家を嫌っているのに、こんな追いつめられ方……。

ペンを握る手に汗が滲んだ。

お兄さんの話が終わると、役員たちが立ち上がり始める。本当は最後に部屋を出るべきだろうが、居ても立ってもいられなかった。会議室の扉をバタンと開けて、廊下に出た。足早に社長室へ向かう。

秘書室に入ると「あ、長尾さん」とリカちゃんが声をあげたが、私はまっすぐ社長室の前に進み扉をノックした。

「どうぞ」

やわらかい声。胸がどきんと脈打つ。いつも社長室の扉越しに聞こえる、あの冷たくて恐ろしい声音じゃない。遊び慣れた軽い声でもない。

まっすぐな声。

「失礼します」

そう言って私は扉を開けた。

丸メガネをかけた社長が、さもうれしそうに笑った。

「ああ、さつきか」

「みんなはどうだった?」

パソコンを前に、余裕のある表情。

「役員の方々は熱心にお話を聞いていらっしゃいました」

なんだか落ち着かなくて、声が喉に絡んだ。

「『日広』に買収されるなら、まあ悪いことなどないだろうな。『日広』にしてみれば、新しい業種だし、こちらの方針を優先してくれるだろうから」

「……社長はいいんですか、それでも」

思わず声をあげた。

『日広』の傲慢な社長の顔が思い浮かんだ。息子を自分の自由にするために、がんばって大きくした会社を取り上げる。そんなこと、あっていいのだろうか。

「……別にいいよ。会社と社員のためになるなら、それもよし」

のほほんと、そんなことを言う。

「悔しくないんですか⁉」

　私は叫んだ。

「だって、家に強引に引き戻されるんですよ！」

　すると社長は、椅子の背もたれに体を預けて、力を抜いた。

「いい頃合いだ。俺はずっと、意地でこの会社を続けていたんだ。もちろん会社に愛着はあるし大切だけれど、基本の原動力は父親への反発心」

　お腹のあたりで、両手を組む。話す内容と対照的に、とてもリラックスしているような様子だ。

「でも結局、父親の呪縛からはのがれられなかった」

　私は立ち尽くした。社長は本当にこの会社を手放すつもりなんだ。

「昨日さつきに言われて思ったんだ。無理をする自分を手放してみようと。会社での振る舞い。プライベートでの振る舞い。さつきの言う通り、俺は両極端な自分でいようとしていた。本当の自分を隠して。もし本当の自分が父親に似ていたら？　それに……もし本当の自分が父親に似ていなかったら？」

　社長が軽く微笑む。

「どちらも俺には、怖かったんだなって、気づいた」

社長が椅子から立ち上がる。窓からの光で、頬に影ができている。ウェーブのかかった髪がふわりと動いた。ゆっくりと社長が私のほうへと歩いてくる。

目の前に立つと、ほのかに甘い香りが漂う。胸が疼いて私は戸惑った。

「ちょっかいを出されるかも」という警戒心はどこかへいってしまい、社長の胸の真ん中あたりに頬を寄せたいという、信じられないような欲求が湧き起こった。

顔がカッと熱くなって、思わず視線を逸らす。

社長は私をそっと抱き寄せて、髪に頬をつけた。温かな鼓動。

こんなふうに抱きしめられたことが、前にもあった。『日広』でひどいことを言われた後の車の中で。あの時、思わず社長の背中に手を回した。やっぱりあの時の社長は、演じていなかった。あの人に私は惹かれた。

「さつき」

「……はい」

「さつきが欲しいんだ。ずっとそばにいてほしい。でもあの父親のいる家に入るということは、さつきを不幸にすることでしかないから」

私の心臓が、どくんとひとつ大きく動く。

「本当の自分と向き合うと、答えはひとつしかなかった。さつき、君を」

「あの！　失礼します！」

突然リカちゃんの声がうしろから聞こえて、私はハッと我に返った。瞬間、社長の腕が緩んだので、私は飛び跳ねるようにうしろへ下がった。

動揺している。リカちゃんに見られたことだけではなく、社長の言葉の先になにがあるのかを想像したから。

〝さつき、君を、手放すことにした〟

そう続くんじゃないかと、そんな気がしたのだ。

「お取り込み中、申し訳ありません」

振り向くと、リカちゃんの顔も真っ赤になっている。

「いや、いいよ。なに？」

社長が尋ねた。

低い声に優しさが混じると、甘くてたまらない。リカちゃんの頬がさらに紅潮した。

「役員の方たちが、いらしてます。お会いしたいと」

「そうか」

「あのっ」

リカちゃんが勇気を振り絞るように、声に力を込めて叫んだ。彼女のふんわりとした髪が揺れる。

「社長、私はこの会社好きです。社長のことも尊敬してます。だから、買収されたくありません！」

社長の大きな目が見開かれる。心底驚いた様子だ。

「社員も役員も、みな同じ気持ちですっ。どうか、最後まであきらめずに、一緒に戦ってください」

社長室を出ると、十人弱ほどの役員たちが狭い秘書室に立っていた。

「社長、私たちは同じ気持ちです。社長は先ほど心から謝罪してくれた。だから、真摯に私たちと向き合ってくれるのは、社長しかいないと思っています。〝私たち〟でこの会社をここまでにした、そうですよね？」

先頭に立つ副社長がそう言うと、社長の唇に笑みがこぼれる。

「そうだよ。俺たち、がんばったよな」

「みんな、この会社が好きです。だからこれから、株主に連絡をしてみます。買収に応じないように、お願いしたいと思います」

「一緒に、この会社を守りましょう！」

秘書室にあふれる、社長への声。私は胸が熱くなった。目に涙がじわっと滲んできたので、メガネをはずして指でぬぐう。隣を見ると、社長が信じられないというような顔で役員たちを見回していた。頬が紅潮している。

「……ありがとう」

かすれた声で絞り出した。社長の心が動いている。

「じゃあ、もうひと踏ん張りして、最後までがんばってみようか」

「はいっ」

顔にやる気を滲ませて、役員たちが部屋を出ていった。社長はその背中を見送る。

しばらく無言で立ち尽くしていたが、社長は「よし」と小さく声に出した。

「長尾さん、大口の株主に、片っぱしからアポを取ってくれ」

「はい」

勢いよくうなずくと、自分のデスクに駆け寄る。なんとかこの会社を守りたい。その一心だった。

「あ、それから」

社長が微笑む。

「さっきの話は、全部が終わったらまた改めてしような」

電話をかけようとしていた手が止まった。言いようのない不安が膨らんでくる。

「はい、かしこまりました」

そう言って、大きく息をひとつ吸った。

「よし」

社長は満足そうにうなずくと、くるりと背を向け社長室へと入っていった。

扉が閉まるのを見届けると、リカちゃんがさっと顔を寄せてきた。

「社長、本気ですね」

「うん、社長あってのこの会社だもの」

私がそう言うと、リカちゃんがあきれたように首を振った。

「なにを言ってるんですか。長尾さんに本気ってことですよ」

リカちゃんが笑って言った。


臨時役員会のあった日を境に、社内が慌ただしくなった。

社長が懸命になる姿は、とても新鮮だ。これまでも真剣に会社を経営していたと思うが、ひとり孤独に闘っているという様子だったから。けれど今は味方がいる。

なんだか、社長は前よりも生き生きしてるみたい。

会社が大変な時なのに、社長の顔を見るたび私はそんなことを思っていた。

プライベートはというと、あの豪華な社長の部屋を出ていこうとしていたが、完全にタイミングを逸してしまっていた。なんとなくあの部屋に帰る毎日。

社長は深夜三時ごろに帰宅して、早朝五時には部屋を出る。私が目を覚ますと、社長はすでにいない。そんな日々が続いていた。

そして今日もそう。朝の光を浴びながら、リビングで社長がついさっきまでいた痕跡を見つめた。脱ぎっぱなしのパジャマを洗濯し、飲み終わったペットボトルを片づける。

どうなるんだろう、これから。

会社がもし買収されてしまったら、社長は解任されて、きっと日広の経営陣に引き込まれるんだろう。家に戻るってことは、この部屋を出て実家に戻るってことなんだろうか。そうしたら、孫を望む父親の言う通りに結婚して……。

私は勢いよく横に首を振った。

「私、なに考えてるの」

どさんとソファに座り込んだ。寝癖のついた髪をかき上げて、昇るオレンジ色の太陽を見つめる。

社長の言葉の続き。

私をあきらめるって言おうとしたんだ。別にそれでいいよね。そのほうがいいって、私も思ってる。だいたい、縁を切ろうと思ってたんだから。でもどうしてこんなに、胸がちくちくしてるんだろう。

「あきらめてほしくないのかな」

そんなことを口に出して、再び頭をブンブン振った。

まさか、そんな……。

『社長、本気ですね』

リカちゃんの言葉がよみがえる。

先の見えないことが、不安で仕方なかった。冷酷な企業人でありながら、夜の街を遊び歩く人。冷静な判断をするかと思いきや、一転、その場しのぎの嘘をつく。

本当はこの人、どんな人？

その二面性が、絶対に他者を心に踏み込ませないための鉄壁なガードのようだった。だからどんなに「好きだ」と言われても、いつも疑っていた。これもまた彼の気まぐれのひと言で、本当の社長はなにを考えているのかわからない、と。

でも今の社長から、そんな印象は消えてしまった。私に視線を投げかけるときの、温かさ。慌てる私を見て今にも笑いだしそうな口もとはそのままに、それでも感じるなにか。

そろそろ認めなくてはならない。私は彼のことが好きなんだ。

「君たちはもう帰れ」

夜の八時半。社長が言った。濃紺のジャケットに、ブルーのタイ。左手に資料の束を抱えている。

「いえ、もう少し」

私は首を振った。社長がまだ会社に残るなら、私にも仕事があるはずだ。

「いや、いいから」

社長はかたくなに首を振った。

最近はこのくらいの時間に強制的に秘書を帰らせる。そうでなければ毎日徹夜になってしまうからだろうが、そんな思いやりも歯がゆかった。以前の社長ならそんな気遣いもなかったはずだ。

社長は疲れていた。綺麗な顔にクマをつくって、心なしか頬がこけている。

「会議室の準備できました」

秘書室にリカちゃんが顔を覗かせて言った。これから役員が集まっての臨時会議なのだ。

「遅くまでご苦労さま。篠崎さんも帰っていいよ」

社長がいたわるように言った。

「……そうですか？　でも」

リカちゃんがもじもじとする。

「気にするな。就業時間は過ぎてるんだから」

そう言いながら、会議室へと向かう。

「ありがとうございます。お疲れさまでした」

リカちゃんは深く頭を下げた。

「長尾さんも帰れよ」

社長が軽く手を上げて、秘書室を出ていく。

「あ、はい」

反射的にそう返事してしまった。

夜空をバックに、窓には蛍光灯に照らされた秘書室が映っている。社長がいなくなった部屋はがらんどうのように感じられ、突如、意味不明な虚しさが込み上げてきた。

「帰ります?」

リカちゃんはそう尋ねながらも、帰り支度を始めた。

「そう、ね」

なんともいえないこの虚無感。どうしてだろう。

「本当に社長変わりましたよね」

リカちゃんがパソコンをシャットダウンしながら言った。

「雰囲気が劇的にやわらかくなった。こんなに追いつめられた状況なのに、全然ピリピリしてないですもん。やっぱり私、社長のもとで働きたいなあ」

リカちゃんが言う。

「それにあんなに綺麗な顔……うっとりしちゃう。長尾さんがうらやましいです、社長と特別な関係で」

私は首を振った。

「特別なのかしら……」

「なに言ってるんですか。もうバレバレなんですから。社長が長尾さんを見てるときって、本当に甘いっていうか、溶けちゃいそうっていうか」

そう言うリカちゃんが溶けそうな顔をする。

でもこれが落ち着いたら、社長は私を手放す気持ちでいる。そう考えて、胸に裂け目ができるような痛みが走った。引き裂かれるような、鋭い、耐えがたい痛み。

「じゃあ、お先に失礼します」

リカちゃんがぺこりと頭を下げ、秘書室を後にした。

しんと静まり返った秘書室。社長は「帰れ」と言ったけれど、あの広い部屋にひとり戻るのは気が引けて、私はもうしばらく残ることにした。

社長のスケジュールは今や分刻みで動いている。大変な時期だから仕方がないのだとは思うけれど、これでは身が持たないだろうと思った。

ぼんやりと窓の外を眺めると、いつの間にかポツポツと雨が降り始めている。小さな水滴が窓ガラスにあたって、あっという間に東京の夜景をゆがませた。

小さく刻む時計の秒針。会議は長引いているようだ。デスクに肘をつき、社長のことを考えた。自分の気持ちも。

心を引っかき回されて、おもちゃみたいに扱われたけど、それでも「好きだ」と言ってくれた。

社長の気持ちは、もしかしたら気まぐれなんかじゃなかったのかもしれない。ちゃんと先を見つめてくれていたのかもしれない。だから私を手放そうとしてるんだ。

社長と離れて、私はどうする？

メガネをはずして目をこすり、右手にあるフレームを眺めた。

自分とは不つり合いな金額のフレーム。メガネを踏みつけたことも気づかぬほど、動揺していた社長。「負けでいいや」そう言って私にキスをした。冷たい雨の中、彼の体温だけが燃えるように熱くて、思わず彼のキスに応えていた。

私は、社長と離れるの？

突然、秘書室の扉が開く音がして、ハッと顔を上げた。

「まだいたのか」

社長が驚いたような声をあげた。

「お疲れさまでした」

私は立ち上がって、頭を下げた。

「帰れって言ったはずだ」

予想外にも、私の存在をうっとうしく思っているような、声音。ついこの間までの、会社での社長の姿がよみがえった。

怒らせた。そう思うと心が冷える。

「申し訳ありません。すぐに帰りますので」

私は慌てて帰り支度をした。

社長はちらっとこちらを見ると、なにも言わずに社長室へと入っていく。

どうしたんだろう。またもとに戻った。私には踏み込ませないという壁ができている。

心臓がドキドキしてきた。恐れ、そして不安が湧き上がってくる。

なにかあった？

私はバッグを肩にかけ、静かに秘書室を出た。エレベーターのボタンを押し、不安に押しつぶされそうになりながら待つ。

なにがあったの？　どうしてなにも言ってくれないの？

そこに役員のふたりが眉を寄せて通りがかった。

「お疲れさまです」

私は深く頭を下げる。

「ああ、お疲れさま」

こちらのふたりも、とても疲れているようだ。

「長尾さんは、これからどうするのかね？」

私の不安が胸の中で爆発した。

まさか、そんな。

バッグのストラップを握りしめる。

――買収阻止はできなかった。

反射的に踵を返した。役員に挨拶することも忘れ、廊下を走る。

社長が負けた。負ける勝負をしない社長が。

胸が張り裂けそうなぐらい鼓動が激しい。秘書室の扉を勢いよく開けて、社長室の扉の前に立った。ほんの少ししか走っていないのに、まるで長距離を走り終えたような息遣いになる。なぜか呼吸しづらい。

ひとつ大きく深呼吸して、社長室の扉をノックした。

返事がない。

不安をごくんとのみ込むと、もう一度ノックする。

返事がないのは「顔を見られたくない」という意思表示だ。これ以上踏み込むな、迷惑だ。そう言われているのだ。

でも……冷たい目で見られても、邪険にされても、それでも、今社長をひとりにする気にはなれなかった。

私はドアノブを握りしめ、そっと扉を開いた。

社長室の明かりは消えていた。窓からは小さな雨粒があたる音が聞こえる。オフィスビルのネオンがポツポツと窓から見えている。

社長はソファにいた。ジャケットを床に脱ぎ捨てて、白いシャツのまま仰向けに寝ている。腕で目を押さえて微動だにしない。

「社長」

私は小さく呼びかけた。

それでも返事はない。私は社長室の扉をうしろ手に閉めた。電気をつけようとスイッチに手を伸ばすと、「つけるな」と低い声が聞こえた。

胸がとくんと脈打つ。

私は暗い部屋の中ソファに歩み寄り、絨毯の床に膝をついて座り込んだ。

「……社長、あの」

恐る恐る声をかけた。

沈黙。小さな雨音。湿気た空気の香り。

「……なんでまだいるんだ」

社長がつぶやいた。

「聞きました。役員の方から」

「……そうか」

社長の髪をなでたい、そんな気持ちになったが、膝の上でこぶしを握りしめて我慢した。

「……どうなるんですか？」

雨音に消えてしまうほどの小さな声で尋ねた。

社長が体を起こした。シャツの背中がしわになっている。白いシャツが青く光っていた。

「どうなるかな」

やっと社長の顔が見えた。ふわふわの前髪が瞳にかかっている。それを右手でかき上げた。

「お父さんの会社に入るんですか」

私が尋ねると、社長は鼻で笑った。

「親父はうれしいだろうな」

そう言った社長の口もとが今にも泣きそうで、私はまたもや手を伸ばしたくなった。

頭を抱いてあげたい。「大丈夫」って言ってあげたい。でも大丈夫なことって、あるんだろうか?

「まあ、頃合いだ。俺もそろそろ逃げるのをやめなきゃならないってわかってたから」

社長がソファに体を預ける。

「さつきにも、迷惑をかけたな」

私はドキッとした。この間の話の続きをしようとしている。

私を、手放そうとしてる。どうしよう。私、私……。

「嫌です」

思わず口に出した。

薄闇の中で社長が私を見つめる。瞳が潤んで、外の明かりが反射している。

心臓がドキドキしてきた。胸に手をあてる。

「……なにが?」

かすれるような社長の低い声。目が離せない。

「あの、だから」

私はしどろもどろになった。

「私、嫌です。社長が、あの……社長じゃなくなって、私から、私の目の前から」

だんだん声が上ずってきた。涙が込み上げる。メガネをはずして、目を強くこすった。

瞬間、フレームを持つ私の指に温かな感触。驚いて目を開けると、社長の長い指が私の指を握っていた。

「さつきの目の前から、なに？」

社長の息をのむほど美しい顔が、私の顔を覗き込んでいる。

視線にのみ込まれて、息をするのを忘れた。

「……社長がいなくなるのが、嫌です」

私は絞り出すようにそう言った。

「家に巻き込むのは嫌だって、そう言って、私を手放そうとしてますよね。嫌です。嫌……」

私は自分がなにを言っているのかわからなくなった。

「キスで落とすって言ったのに、まだです……落としてほしいって思ってるのに」

自分で言っていて、支離滅裂になってきた。

「さつき」

社長が小さく呼びかける。

「やだ」

私は社長の手を払って、顔を覆って泣きだしてしまった。ひどい顔になっているに違いない。もうどうしていいかわからない。

社長が無言で私の手首を引っ張り上げ、ソファに押し倒した。

革張りのソファの香り。社長の体温ですでにほんのりと温かくなっている。けれど掴まれた手首は燃えるように熱い。

社長の顔をまともに見られない。顔を背け、涙に濡れた頬を空いた手で必死にぬぐう。

「こっち向けよ」

「無理、です」

嗚咽をこらえながら言った。でも声が震えるのを止められない。

「最後まで、面倒な女」

社長は軽く笑って、私の頬を両手で挟んで、視線を合わせた。

「そろそろ素直になったら？」

社長の唇が私の唇を塞いだ。

ラストキス。

唇を軽く噛み、優しく入り込む。唇から伝わる思い。この人は本当に私を大切に思ってくれてる。

「もう、俺に落ちてるんだろ」

唇に響く振動。熱い吐息。

「本当の俺は、さっきのものだ。この先なにがあっても、本当の俺の心は全部さっきに渡すから」

社長が私の体を支える。引き寄せて、髪を指に絡め、抱きしめる。

「好きだって、言えよ」

社長が耳もとにささやいた。

この人と離れたくない。

「好き……好きです」

キスに応えながら、夢中で伝えた。社長の腕に力がこもる。

雨音が大きくなった。薄闇に響く息遣い。素肌の肩にキスされると、熱を帯びた吐息があたる。それだけで気が狂いそう。

「ああ、まずい。震えてきた」

社長が恥ずかしそうに笑った。

「好きな人を抱くって、こんなに違うんだな」

ネクタイを長い指で緩め、髪をかき上げる。彼は、この世のものとは思えないほど美しい。見下ろすその瞳に、私も震えてくる。彼が優しく触れるところに、電気が走った。

愛おしい。

この人が、とても、愛おしい。

革張りのソファで社長の胸に抱かれ、窓を伝い落ちる雨を見る。絨毯の上には社長の白いシャツと自分のメガネが放り出されている。

まだ呼吸が整わない。私は目を閉じて、社長の鼓動に耳を澄ました。

社長の愛し方は優しかった。本当に大切に扱ってくれた。

でもこれが最後。やっと自分の気持ちを解放できたのに。社長とともにいることに不安がなくなったのに、これで終わりだなんて。

社長が私のこめかみに軽く、愛おしげにキスをする。私の瞳にはまた涙があふれてきた。

「泣いてる?」

「……はい、だって、社長がいなくなる」

「なんで？」

社長が尋ねた。

「なんでって……」

私は体を起こして、社長の顔を見た。

社長はニヤニヤがこらえきれないという表情だ。

「だって、買収されちゃったんですよね？」

私はいぶかしげに尋ねた。

「俺、そんなことひと言も言ってないけど？」

「えっ？　だってさっき役員の方が――」

私は目を丸くする。

「なんて言ってた？」

楽しげに社長が尋ねた。

「『長尾さんはこれからどうする？』って」

それって、買収された後の身の振り方を聞かれたんでしょ？

「ああ！」

わざとらしく、ポンと左の手のひらを右のこぶしで叩く。

「さっきの役員会議で、さつきと結婚したいって言っちゃったからだ」

はあ⁉　なにそれ！

「きっとそれは、さつきは結婚してもこの会社で働くのか？って意味だと思うよ」

社長の口から「ぶはっ」と笑い声が弾けた。上半身裸の社長が体を折り曲げて爆笑している。

私は呆気にとられたが、そのうちに腹が立ってきた。はだけたシャツをかき合わせると、顔が怒りで熱くなる。

「ごめんごめん、怒るなよ」

社長が私の頭を抱き寄せて、優しくなでる。めちゃくちゃ笑い続けてるのが気に入らないけど。

「だって、いろいろ勘違いしてるみたいだったからさあ」

「じゃあ、買収は？　どうなったんですか？」

「大丈夫大丈夫。日広は買収の資金源がなくなったから」

「どういうことですか？」

「日広の株を大量保有していた海外の企業が、株を一気に手放してね。まずいと思ったほかの企業も次々手放し、株価は急降下」

私はびっくりして社長の余裕の表情を見つめる。

「それは……偶然ですか？」

社長はちょっと自慢げな顔をする。

「俺、こういう交渉ごと、得意なんだよね」

一気に肩の力が抜けてしまった。

そっか。社長は私が想像するよりも、ずっと優秀な人だった。そうだった、すっかり忘れていた。でも、よかった……。

「じゃあ、結婚ってどういうことです？　私を家に巻き込むのは不幸にするだけだって言ってたのに。無理する自分をやめて、私を手放すってことじゃないんですか？」

「無理する自分はやめたよ。もちろん。だから強く思った。さつきを手放すことは絶対にしないって」

社長が私の前髪を手のひらで優しく持ち上げる。

「さつきと一緒にいたいから、親と縁を切るって言おうと思ってたんだ」

そう言いながら、私の額に優しくキスした。

「だから結婚して、長尾の籍に俺を入れてよ」

私はすっかりあきれてしまった。しかも役員会議で、私の返事よりも前に全部話しちゃうなんて。

「私が嫌だって言ったら、どうするつもりなんです？　さっさとみんなに話しちゃって」

「だってさつきは嫌だなんて言わないよ」

社長がまたキスをする。今度は頬に、笑いながら。

「俺のこと、すっごい好きなのはわかってたし」

私は唖然としてニコニコ笑う社長を見る。

「好きだって言ったのは、ついさっきのことじゃないですか！」

「いやいや、さつきは秘書のくせに感情がすぐに顔に表れちゃうもん」

今度は反対の頬にキス。

「なのに、ごちゃごちゃいろいろ考えちゃってるの。かわいい」

社長がまたこらえきれず爆笑する。

「なんだか思い込んでるみたいだったから、落とすチャンスだと思って、勘違いに乗ってみた」

次はまぶたにキスが降る。

ひどい。私は頬を膨らませながらも、徐々に一緒に笑えてきた。

そうだ、社長はこんな人だった。最近ずいぶん紳士的だったから、すっかり忘れてた。こんな社長も彼の一部。

「だいたい、この俺が心を込めてキスしてるのに、さつきが落ちないわけないって」

社長が自信満々に言う。

「……それを自分で言っちゃうから」

私があきれて、社長の腕の中から顔を見上げると、不敵に笑っている。

ああ、でも……自信家である自分も魅力的だってわかってる顔だ。やられた……上《う》手《わ》《て》すぎる。

「で、返事は？　結婚する？」

私の頭に、傲慢な社長の父親が浮かんだ。

「でも長尾姓になるって、社長のお父さん、怒りませんか？」

「まあ、怒るよ」

「じゃあ……」

「いいんだよ、ほっておけば」

社長が笑った。

「気づいたんだ、結局、逃げるならマジで逃げないとって」

「タケを残している罪悪感と、期待をどこかで振りきれない、いい子の自分。いらないよな、それ。一番大切なものがなにかわかったんだから」

社長が私を抱きしめる。ぎゅっと、それでいて優しく。

「大切なのは、愛する人と一緒にいること。だから、本気であの親父と家から逃げることにした」

「……いいんですか？」

「いいよ。跡取りはタケって決まってるんだ。その先の心配まであの親父がするなんておかしい話なんだよ。タケが次を誰に引き継ぐか考えればいい話」

「で、返事は？」

私はちょっと考えるフリをする。

「じゃあ、いいですよ。結婚してあげる」

私が言うと「うわ、えらそ」と、社長が私の脇腹をくすぐってくる。私も負けじと反撃した。

ふたりで身をよじって笑う。

「好きだよ」

笑い転げる私の耳もとで、社長がささやいた。

私は、社長を見上げて手を伸ばし、乱れたふわふわの髪を耳にかける。

「そういえば、いつから私のこと好きになってくれたんですか?」

社長は「うーん」と言って、目を泳がせる。

「……あの日。俺の作ったくだらない動画を見てさつきが『かわいい』って言った日」

私は社長の照れているような顔を見つめ、それから再びクスクスと笑いだした。

「ずいぶん最初の頃じゃないですか」

「まあね」

社長の耳が真っ赤になってる。

「うるさいうるさい」

社長が笑う私を押し倒した。

見上げる社長は気品ある猫のよう。瞳の奥にだけ、私を求める官能的な男の欲望が見えた。私は笑いを引っ込める。

「オフィスですよ、社長」

「さつきを抱くときに〝社長〟って呼ばれるの、いいな。オフィスっていうのも興奮する。次は、ストッキング破ってもいい?」

「……じゃあ」

私は社長の首に手をかける。

「キスを我慢できたら、破ってもいいっていうゲームしてみます?」

私はそう言って笑う。

社長が「ああ、ダメだそれ」と首を振る。

そしてゆっくりと私に顔を寄せたので、私は自然と目を閉じた。

「俺はいつだってさつきにキスしたいんだから」

そう言って、彼は私に心を込めたキスをした。

完

特別書き下ろし番外編

お仕置きの時間です

もうすぐ夏になろうかという、六月のある日。

秘書室はすっかり穏やかな部署になった。社長が息抜きがてら部屋から出てくると、副社長付きの秘書たちも含めてとたんに華やぐのがおもしろい。

私と社長はというと、会社とプライベートは完璧に分けている。会社のトップが秘書と馴れ合うのはよくないので、そこは厳格にいこうと社長と決めた。社内でもふたりの関係を知っているのは、役員と秘書だけだ。


「長尾さんはいつ結婚するんですか？」

ニコニコ笑いながら、リカちゃんが尋ねる。

「秋にしようかって言ってる」

私はパソコンで社長に頼まれた資料を検索しながら答えた。

「私も結婚したいなあ」

リカちゃんは目を細めて遠くを見る。

「どこにいるのかなあ、私の運命の人」

「リカちゃんってどんな人がいいの？」

そう尋ねると、リカちゃんの目がとたんに輝き始め、前のめりになって言う。

「そうですね、才能豊かで、とにかくカッコいい人がいいです。カッコいいって言っても、社長はダメ。長尾さんには申し訳ないですけれど、社長は綺麗すぎますよ。こっちが圧倒的に負けるってのが嫌です。もっと雰囲気イケメン希望」

そこでリカちゃんが「あっ」と声を上げる。それから人事部から回ってきた書類の中から、一枚の履歴書を引っ張り出した。

「そろそろ、社長面接に来るんですよ、この人。プロデューサーですって。さっき写真を見たとき、素敵って思ったんだった」

リカちゃんはその履歴書を私に差し出した。

『戸部夏樹《とべなつき》』

「あれ？」

私は思わず声をあげた。リカちゃんが「ん？」と首をかしげる。

「この人って……」

私はまじまじと写真を見つめた。

「戸部くんじゃない？」

それは中学時代の同級生、戸部夏樹くんだった。席が隣で仲がよかった。写真は大人になっていたが、面影はそのままだ。

私の胸に、甘酸っぱい思いが込み上げてくる。

生まれて初めて、手をつないだ男の子。初めてのキスの相手。ぎこちなく触れた唇が震えていたけれど、素敵なキスだった。

「知り合いですか？」

リカちゃんが身を乗り出してくる。

「そう、中学の同級生。懐かしいな」

「へえ、すごい偶然。社長がいなかったら、運命の再会だなって思っちゃうけど」

リカちゃんは笑った。

「僕がいなかったら、なに？」

突然頭上から声がして、私は思わず「きゃっ」と叫んだ。

「僕の悪口？」

丸メガネをかけた社長が笑う。相変わらずの整った顔。これが天然物だというのだから、世の中は不公平だ。

「違いますよ！」

リカちゃんが慌てて、手を振った。それから私の手もとにある履歴書を指差す。

「この戸部さんって、長尾さんの同級生なんですって」

「長尾さんの友達？」

社長が私から履歴書を受け取る。

「仲がよかったの？」

「はい」と、私はうなずいた。

「本当に久しぶりですけど。東京でプロデューサーになってるとは知りませんでした」

社長は「そっか」と言いながら、履歴書を手に社長室へと戻っていく。私はなんだかうれしくなってきた。戸部くんとはいい思い出しかない。


しばらくすると、秘書室の扉が開いた。

「失礼します。面接にまいりました戸部です」

そう言って、深く頭を下げる。私は込み上げるうれしさを抑えつつ、戸部くんのもとへと近寄った。

「お待ちしておりました。こちらへどうぞ」

私がそう言うと、彼が頭を上げる。そして目が合った。

「あ……れ？　長尾？」

戸部くんの目が見開かれた。

私は憶えててくれたことがうれしくて、にっこりと微笑んだ。

「久しぶり。元気だった？」

パッと戸部くんの顔に喜びがあふれた。

「嘘だろ？　すごい偶然だな」

「だよね」

久しぶりに会う戸部くんは、洗練された大人になっていた。切れ長の二重の目と、シャープな顎が目を引く。昔は少しやんちゃなところがあったけれど、今はとても落ち着いている。

私は戸部くんを秘書室内のソファに導くと、社長に「戸部さんがいらっしゃいました」と内線をかけた。

それから戸部くんに「どうぞ」と社長室の扉を開く。戸部くんは緊張した面持ちで、背筋をピンと伸ばし、「失礼します」と言って社長室へと入っていった。

自席に戻ると、リカちゃんが顔を寄せた。

「受かるといいですね」

「うん」

一緒の会社で働けたら、絶対に楽しい。久しぶりにたくさん話もしたいし。

仕事をしながら、ちらちらと社長室の扉を見る。以前なら、社長室に入る人が不憫《ふびん》でならなかったが、今では落ち着いて待っていられる。

ガチャっと音がして、戸部くんが出てきた。顔は晴れやかだ。扉をそっと閉めると、まっすぐに私のところにやって来た。

「どう？」

「悪い印象はないと思うけど……」

そう言いながら、さも信じられないという顔をする。

「社長があまりにも美形で、驚いたよ」

私は思わず笑ってしまった。誰でも第一声がそれなのだ。

「でしょ。でも優秀な人だから、ちゃんと公正に戸部くんのこと判断してくれると思うよ」

そう言うと、戸部くんも安心したような表情をした。

「積もる話はあるけれど、いつまでもここにいるわけにいかないから」

戸部くんがポケットからスマホを出した。

「今度、飲もうよ。連絡先交換してもいい？」

「もちろん」

必ず連絡を取り合うと約束をしてから、戸部くんは笑顔で帰っていった。

秘書室の扉が閉まると、リカちゃんが「いいんですか？」と尋ねる。

「どうして？」

「社長がやきもち焼きますよ」

「ただの友達よ？」

「でも男の人。それも結構ないい男で」

リカちゃんはそういいながら、くいっと首をかしげた。

「まあ、社長の顔には負けますけどね」

「大丈夫大丈夫」

私は気楽にそう答えた。

その日のうちに、無事戸部くんの採用が決まった。夕方秘書室に出てきた社長が、
履歴書を私の机の上にポンと置く。

「長尾さん、採用の電話かけといて。人事にも契約内容の確認を」

「はい」

私は満面の笑みを浮かべて、受話器に手を伸ばした。その間、社長は秘書たちと雑談している。その光景を見て、私はじんわりと胸が熱くなった。こんなふうにみんなが社長とコミュニケーションを取れるなんて、ほんのちょっと前までありえないことだった。

受話器を取り電話をかけると、戸部くんはすぐに応える。

「もしもし？　戸部さんの番号でしょうか」

『……長尾？』

「そう。採用ですって」

そう伝えると、電話の向こうで『やった』と声があがった。

「詳しいことは、人事部からまた電話がいくと思うので」

『わかった。そうかあ、長尾と一緒に働けるんだ』

「うれしいね」

私は思わずそう伝えた。

『本当に飲みに行こうな。長尾は俺の初恋だから、ずっと会いたかったんだ』

そう言われて、私の頬が少し熱くなった。当時の思いが少しよみがえる。

「私もだよ」

そう答えて、照れたように笑った。長く話したかったが「また今度ゆっくり」と言って、電話を切った。幸せな気持ちになる。そしてふと顔を上げると、社長と目が合った。

——どくんと脈が波打った。

メガネの奥の瞳が私を捉えて離さない。きっともう、社長は戸部くんと私がただの友達以上の関係だったことに気づいている。社長に隠しごとはできないのだ。

でも、別に隠すことでもない。だって子どものキスだよ？　付き合ってるわけでもなかった。それなのにこのうしろめたさは一体なんだろう。

「長尾さん」

社長の低い声で、ハッと渦巻く思考から抜け出た。

「今の戸部さん？」

「……はい。とても喜んでいました」

「そうか」

短い言葉だけれど、なぜか冷や汗が出た。こんな時がたまにある。社長の怖さを知っているから、その短い言葉の底に潜む感情が想像できる。

——まずい。

私は眉間にしわを寄せて、目を閉じた。


帰りの車の中、社長はいたって普通だった。それがもはや恐ろしい。私は社長の薄く微笑みを浮かべている唇を見ながら、震える心臓に手をあてた。

エレベーターでふたりが住む最上階へ。扉が開くと、今にも降りだしそうな、どんよりとした雲が空を厚く覆っている。湿った空気が小さな庭の間を巡り、濃い緑の匂いに包まれた。

部屋に入ると、私は努めて明るい声で「夕ご飯、なに食べますか？」と尋ねた。パチンと部屋の電気をつけると、ぱっと明るくなって少しホッとする。

ソファにバッグを置いてキッチンへ向かおうとした瞬間、部屋が暗転した。

「え？」

私が驚いて振り向くと、リビングの入り口で、社長が電気を消していた。薄闇の中に立つ、背の高い影。窓からのほのかな光で、やっと輪郭が見える程度。

私の胸が騒がしくなってくる。主導権は、当然のことながら社長が握っていた。

「社長、電気を……」

「あの男が、キスの相手？」

暗闇の中に低く響く声。私の手が震えてきた。

「……そうです」

「最初の？」

「はい」

「そっか」

湿度の高い空気の中を、電気が走るみたいに響く声。その声に感電してしまいそう。

社長が一歩踏み出すと、天然木の床板が軋む。

「いい男だな。さつきが好きになったのが、わかる気がするよ」

メガネをはずし、投げた。カチャンと小さな音がして、床で跳ねる。スーツのジャケットを脱ぐと、白いシャツが闇の真ん中に浮かび上がった。

「ああでも」

ネクタイを緩める。

「知ってれば、採用しなかったけどな」

勢いよくネクタイを引き抜くと、右手に持ちながらゆっくりとこちらへ近づいてくる。私は緊張でごくんと息をのんだ。

「……社長はそんなふうに、仕事に私情を挟んだりしませんよね」

私は小さな声で尋ねる。暗闇の中で、薄く笑う声がした。

「わかってないみたいだな、どんだけ俺がさつきに狂ってるか」

突然、窓の外に閃光が走った。社長の端正な顔が一瞬浮かび上がり、また闇に沈む。

嫉妬と苛立ちが瞳の中で激しく揺らめいているのが、その一秒にも満たない時間にくっきりと見えた。

そして、光を追いかけてきた体の芯に響く雷鳴で、空気にヒビが入った。

思わず一歩下がると、キッチンのカウンターに背中がぶちあたる。とっさに振り返った瞬間に、すごい力でカウンターに腕を押さえつけられた。

激しい衝撃。カウンターに置いてあった水差しが大きな音を立てて倒れた。

右手首は社長に掴まれ、お腹のあたりがカウンターに強く押しつけられている。

「いた……い」

折り曲がるように、カウンターに這いつくばる。社長の香りに支配されていた。身動きができない。

社長の指が無防備になった私の喉もとを軽くなでた。ゾクッと全身になにかが走る。

そのまま指先がそっと上がり、私の唇のところで止まった。軽く下唇を押さえられて、思わず熱い吐息が漏れる。

「腹が立つなあ」

耳もとで低い声がささやく。

「電話で頬を赤らめてさ」

「あれは……」

長い指が少し強引に口に入れられる。自分の中に自分じゃないものが入り込む違和感と、込み上げる期待。

「あれはなに？『会いたかった』とでも言われた？」

やっぱり社長は全部気づいてる。なにを話して、なにを聞いて、そしてなにを思ったかを。

「だって、久しぶりだったから」

うまく回らない口で、喘ぐように抵抗する。

「ああ、やっぱりさつきはわかってない。お仕置きが必要だな」

圧迫されていた腹部の息苦しさがなくなったので、ひとつ深く息を吸ったが、あっと言う間に今度はラグの上に押し倒された。横向きに倒れて、とっさに上半身を持ち上げようとしたが、すぐに社長が馬乗りになる。見上げると、口にネクタイをくわえていた。

その唇が笑ってる。背中をかけ上がる背徳的な欲望に、私は恥ずかしくて横を向いた。

空が轟《とどろ》いている。絶え間なく走る雷の光線。

社長は私の両腕を掴んで、ネクタイで縛る。そのまま私の頭上にあるガラステーブルの足にくくりつけた。

「知らないんだろうなあ、あいつは」

社長が言う。

「さつきが俺にこんなふうにされてるってこと」

ブラウスのボタンをちぎるようにはずして、下着を乱暴にずり上げる。

「今あいつに電話しようか」

「や……やめてください」

「知られたくない？　純粋だった自分がこんなに乱れる女になったってこと」

辱めを受けているのに、上がり続ける体温。自分のものとは思えない甘い喘ぎ声が雷鳴の合間に聞こえた。

「口開けて」

漏れる声を押し殺し結んでいた唇を開くと、社長が舌を深く入れる。それと同時に社長が私の足を乱暴に割って入り込んだ。

のけ反り痙攣《けいれん》する体。縛られた両手首が震えて、必死にガラステーブルの足を掴んだ。

薄闇に光る汗。漏れるうめき声。

「今、誰がさつきに入ってるか、知ってる?」

かすれた声で尋ねられた。

私は絶えず襲ってくる快感の波にのまれて、うまく答えられない。夢中で悦びの声をあげる。

手首のネクタイがほどかれて、私は社長の腕を掴んだ。汗で濡れる肌に爪を立てる。けれど、社長は突然ペースを落とし、疼きだけを煽った。

「顔が見えなくても誰が入ってるのかわかるくらい、さつきは俺だけに乱れろ」

「……は、は……い」

「ほかの男のことは、一秒だって思い出すな」

「はい」

「俺だけを見て、俺だけを感じろ」

私は必死にうなずいた。

すると、突然一番深く差し込まれて、私は思わずはしたない声で悲鳴をあげた。

「いい子だ。イっていいよ」

甘くささやく声が聞こえる。そして私はそのまま意識を失った。


気がつくと、私はソファに寝かされていた。キッチンカウンターの上にある暖色のライトだけが部屋をぼんやりと照らしている。窓を見ると真っ暗。いつのまにか雷はどこかへ行ってしまったらしい。

顔を上げると、横に社長が上半身裸で座っていた。ふたりにはやわらかな毛布がかかっている。私が動くと、社長が目を開けた。そしてニヤニヤと笑いだす。私はあまりの恥ずかしさに両手で顔を隠して身を丸めた。

「……ひどい」

私は顔を隠したまま抗議した。

「なんで？　気持ちよかっただろ」

「……でも、ひどいです」

社長が私の体を持ち上げて、膝の上にまたがらせる。見下ろす社長の額には、汗で張りついた前髪が見えた。

「さつきは俺を見くびってる。どれだけ胸が痛んだと思ってんだ」

「でも中学生の時の話ですよ？　付き合ってもないし」

「でも、やだ」

まるで子どもが駄々をこねるように言う。

「そんなこと言ったら、社長の女性遍歴のほうがひどいじゃないですか」

「それを言われると、困るけど」

社長は口をへの字にした。

「でも俺はさつきが初恋だよ。他の女のことなんて、一瞬だって思い出さないし」

「ほんと？」

私は社長の前髪を手で優しく梳いた。

「もちろんだよ」

社長が首を伸ばして軽くキスをする。

「これから一生、さつきがいればいい」

手が私の頭を引き寄せたので、私たちは長くてとろけるようなキスをした。

「する？」

社長がささやく。

「また？」

「うん」

「いいですよ。でも今度は優しくして」

「最高に優しくする」

社長はそう言って笑った。


一週間後、戸部くんが正式に入社した。社長は私情を挟むことをしなかった。当然ではあるけれど、私はほっと胸をなで下ろしたのだった。

戸部くんが「社長にご挨拶したいから」と秘書室を訪ねてきたときも心配でならなかったが、社長室から出てきた戸部くんが笑顔だったので、私はやっと緊張を緩めることができた。

先日の激しい嫉妬を思い出すとハラハラしたが、取り越し苦労だったらしい。

「長尾、今日の夜ってどう？」

戸部くんが気軽に誘ってきた。

「久しぶりだし、いろいろ話したいよ」

「う……ん、私も、だけど」

ちらっと社長室を見る。やっぱり断るしかないかな、申し訳ないけれど。

そう思った瞬間、社長室の扉が開いた。私は驚いて思わず椅子から体が浮き上がる。

「社長！」

戸部くんのリラックスした様子が、少し改まった。社長の顔はいつも通り。気楽な様子で話しかけてきた。

「長尾さんの友達だって？」

戸部くんは、「はい」とうなずいた。

「でも、本当に長い間会っていなかったので、まさかの偶然に驚きました。とても懐かしくって」

「これからも、同僚として仲よくすればいい」

社長はそう言うと微笑む。

私は社長の顔を凝視した。なんて紳士的な対応だろう。この間とはわけが違う。

社長は背を向けると、社長室の扉のノブに手をかけた。それから「ああ、そうだ」と振り返る。

「〝さつき〟、遅くなるなら、連絡して。俺も外で飯食うから」

そして笑顔を見せた。

秘書室にいた全員が息を止める。そして、パタンと扉が閉まると、いっせいにふーっと息を吐き出した。

リカちゃんが興奮して言う。

「すごい独占欲。堂々とけん制していきましたね」

「長尾って、そうなの？　社長と？」

戸部くんはあまりの衝撃に、私と社長室の扉を何度も見比べる。

私は盛大にため息をついた。仕事とプライベートを分けようって言ってたのに、全然してない。社長だっていう立場を最大限に生かして、脅してるじゃない。

「こ、こわっ」

戸部くんはそう言うと「じゃあ、誘わないほうがいいな」と言った。

「ごめんね」と、私は本当に申し訳なくて、手を合わせた。

「いや、いいよ。っていうか、愛されてるなあ」

戸部くんが言うと、リカちゃんが「ねーっ」と同調した。私は恥ずかしくて身を縮こめる。

今日はもう、私がお仕置きしなきゃ。
そう思ったとたん、顔が熱くなってとても困ってしまった。

完

あとがき

こんにちは、颯陽香織です。数多《あまた》ある書籍の中からこの本を手に取ってくださり、ありがとうございました。

今回出版させていただくにあたり、かなり改筆をいたしました。特にヒーロー「桐田社長」のキャラクターに関しては、担当編集の鶴嶋さんと編集協力の佐々木さんにたくさんのアドバイスをいただき、かなり変わったと思います。

最初は、私の頭の中にある「桐田社長」と変更後の彼が噛み合わず、顔がだんだんぼやけ、誰を描いているのかわからなくなってしまいました。けれど、書いては消して、消しては書いてを繰り返すうちに、彼の姿が再び頭の中に見えるようになり、結果、より魅力的なヒーローが生まれたと思います。

誤解を恐れずに言えば、私は自身の描くヒーローにときめいたことがなく、それが最大の悩みでもありました。でも驚くことに、今回新しく生まれたこの「桐田社長」には、自分でも描きながらドキドキしています。忘れられないヒーローになりました。

この作品を世に出すチャンスをくださった編集部の皆様を含め、出版まで携わってくださった皆様、また執筆を応援してくれた家族や友人に、心からの感謝を伝えたいと思います。

また、この本を手に取り今このページを開いてくださっているあなたには、特別な思いを抱いています。この広い世界で、あなたとこの本を通じて感情を共有できたのは奇跡であり、衝撃的な経験でした。

本当にありがとうございました。

颯陽《そうよう》香織《かおり》

颯陽香織先生への
ファンレターのあて先

〒104-0031
東京都中央区京橋1-3-1
八重洲口大栄ビル7F
スターツ出版株式会社　書籍編集部　気付

颯陽香織先生

本書へのご意見をお聞かせください

お買い上げいただき、ありがとうございます。
今後の編集の参考にさせていただきますので、
アンケートにお答えいただければ幸いです。

下記URLまたはQRコードから
アンケートページへお入りください。
http://www.berrys-cafe.jp/static/etc/bb

クールな社長の甘く危険な独占愛

2018年3月10日　初版第1刷発行

著　者　颯陽香織

発行人　松島 滋
デザイン　カバー　河野直子
フォーマット　hive & co.,ltd.
校　正　株式会社　文字工房燦光
編集協力　佐々木かづ
編　集　鶴嶋里紗
発行所　スターツ出版株式会社
〒104-0031
東京都中央区京橋1-3-1　八重洲口大栄ビル7F
TEL　販売部　03-6202-0386（ご注文等に関するお問い合わせ）
URL　http://starts-pub.jp/
印刷所　大日本印刷株式会社

Printed in Japan

ISBN978-4-8137-0416-4　C0193

ベリーズ文庫 2018年4月発売予定

書店店頭にご希望の本がない場合は、
書店にてご注文いただけます。

『副社長のイジワルな溺愛』

北条《ほうじょう》歩来《あゆら》・著

Now Printing

建設会社の経理室で働く茉夏は、容姿端麗だけど冷徹な御曹司・御門が苦手。なのに「俺の女になりたいなら魅力を磨け」と命じられたり、御門の自宅マンションに連れ込まれたり、特別扱いの毎日に翻弄されっぱなし。さらには「俺を男として見たことはあるか?」と迫られて…!?

ISBN978-4-8137-0436-2／予価600円+税

『身代わり婚約者にかけがえのない愛を』

黒乃《くろの》 梓《あずさ》・著

Now Printing

エリート御曹司の高瀬専務に秘密の副業がバレてしまった美和。解雇を覚悟していたけど、彼から飛び出したのは「クビが嫌なら婚約者の代役を演じてほしい」という依頼だった！　契約関係なのに豪華なデートに連れ出されたり、抱きしめられたりと、彼は極甘で…!?

ISBN978-4-8137-0437-9／予価600円+税

『お気の毒さま、今日から君は俺の妻』

あさぎ千夜春《ちよはる》・著

Now Printing

容姿端麗で謎めいた御曹司・葛城と、とある事情から契約結婚した澄花。愛のない結婚なのに、なぜか彼は「君は俺を愛さなくていい、愛するのは俺だけでいい」と一途な愛を囁いて、澄花を翻弄させる。実は、この結婚には澄花の知らない重大な秘密があって…!?

ISBN978-4-8137-0433-1／予価600円+税

『セイクレッド・フォリストリア -Sacred Follistoria-』

いずみ・著

Now Printing

花売りのミルザは、隣国の大臣に絡まれた妹をかばい城へと連行されてしまう。そこで、見せしめとして冷酷非道な王・ザジにひどい仕打ちを受ける。身も心もショックを受けるミルザだったが、それ以来なぜかザジは彼女を自分の部屋に大切に囲ってしまい…!?

ISBN978-4-8137-0438-6／予価600円+税

『絡まり合う、恋の糸～社長と燃えるような恋を～』

佐倉伊織《さくらいおり》・著

Now Printing

老舗企業の跡取り・砂羽は慣れない営業に奮闘中、新進気鋭のアパレル社長・一ノ瀬にあるピンチを救われ、「お礼に交際して」と猛アプローチを受ける。「愛してる。もう離さない」と溺愛が止まらない日々だったが、彼が砂羽のために取ったある行動が波紋を呼び…!?

ISBN978-4-8137-0434-8／予価600円+税

『影色令嬢の婚約』

葉崎《はざき》あかり・著

Now Printing

望まぬ結婚をさせられそうになった貴族令嬢のクレア。縁談を断るために、偶然知り合った社交界の貴公子、ライル伯爵と偽の婚約関係を結ぶことに。彼とかりそめの同居生活がスタートするも、予想外に甘く接してくるライルに、クレアは戸惑いながらも次第に心惹かれていき…？

ISBN978-4-8137-0439-3／予価600円+税

『㊙社内蜜愛スキャンダル』

沙紋《さもん》みら・著

Now Printing

総合商社勤務の地味ＯＬ茉耶は、彼女のある事情を知る強引イケメン専務・津島に突然、政略結婚を言い渡される。甘い言葉の裏の横暴な策略に怯える茉耶を影で支えつつ「あなたが欲しい」と近づくクールな専務秘書・倉田に、茉耶は身も心も委ねていき、秘密の溺愛が始まり…!?

ISBN978-4-8137-0435-5／予価600円+税

ベリーズ文庫 2018年3月発売

書店店頭にご希望の本がない場合は、
書店にてご注文いただけます。

『偽りの婚約者に溺愛されています』

鳴瀬《なるせ》菜々子《ななこ》・著

女子力が低く、恋愛未経験の夢子はエリート上司の松雪に片想い中。ある日、断りにくい縁談話が来て、松雪に「婚約者を雇っちゃおうかな」と自嘲気味に相談すると「俺が雇われてやる」と婚約者宣言！　以来、契約関係のはずなのに甘い言葉を囁かれる溺愛の毎日で…!?

ISBN978-4-8137-0419-5／定価：本体630円＋税

『イジワル御曹司と花嫁契約』

及川《おいかわ》 桜《さくら》・著

弁当屋で働く胡桃は、商店街のくじ引きで当たった豪華客船のパーティーで、東郷財閥の御曹司・彰貴と出会う。眉目秀麗だけど俺様な彼への第一印象は最悪。だけど「婚約者のふりをしろ」と命じられ、優しく甘やかされるうちに身分違いの恋に落ちていき…!?

ISBN978-4-8137-0420-1／定価：本体630円＋税

『クールな社長の甘く危険な独占愛』

颯陽《そうよう》香織《かおり》・著

冷徹社長・和茂の秘書であるさつきは、社宅住まい。隣には和茂が住んでいて、会社でも家でも気が抜けない毎日。ところがある日、業務命令として彼の婚約者の振りをすることに!?　さらには「キスをしたくなった方が負け」というキスゲームを仕掛けてきて…。

ISBN978-4-8137-0416-4／定価：本体640円＋税

『王太子殿下の溺愛遊戯～ロマンス小説にトリップしたら、たっぷり愛されました～』

ふじさわ さほ・著

ロマンス小説の中にトリップし、伯爵家の侍女になったエリナは、元の世界に戻るため"禁断の果実"を探していた。危険な目に合うたびに「他の男には髪の毛一本触れさせない」と助けてくれる王太子・キットに、恋に臆病だったエリナの心が甘くほどけていって…。

ISBN978-4-8137-0421-8／定価：本体640円＋税

『極上社長と結婚恋愛』

きたみ まゆ・著

花屋勤務のあずさは、母親の再婚相手の息子を紹介されるが、それは前日に花を注文したイケメンIT社長の直哉だった。義理の兄になった彼に「俺のマンションに住まない?男に慣れるかもよ」と誘われ同居が始まる。家で肩や髪に触れられ甘い言葉をかけられて…!?

ISBN978-4-8137-0417-1／定価：本体630円+税

『クールな王太子の新妻への溺愛誓約』

紅《くれない》 カオル・著

小国の王女マリアンヌの婚約相手レオンは、幼少期以来心を閉ざす大国の王子。行方を消した許嫁の面影があると言われ困惑するマリアンヌだったが、ある事件を契機に「愛している。遠慮はしない」と迫られ寵愛を受ける。婚礼の儀の直前、盗賊に襲われたふたりは!?

ISBN978-4-8137-0422-5／定価：本体620円＋税

『オオカミ御曹司に捕獲されました』

滝井《たきい》みらん・著

とある事故に遭ったOLの梨花は同じ会社のイケメン御曹司、杉本に助けられる。しかし怪我を負ってしまった彼を介抱するため、強引に同居させられることに。「俺は君を気に入ってるんだ。このチャンス、逃さないから」と甘く不敵に迫ってくる彼に、梨花は翻弄されて…!?

ISBN978-4-8137-0418-8／定価：本体640円＋税